美味"杀手"

全国河豚美文大赛作品选

QUANGUO HETUN MEIWEN DASAI ZUOPINXUAN

曹学松 主编

江苏大学出版社
JIANGSU UNIVERSITY PRESS

图书在版编目(CIP)数据

美味"杀手":全国河豚美文大赛作品选/曹学松
主编.—镇江:江苏大学出版社,2012.5
ISBN 978-7-81130-373-5

Ⅰ.①美… Ⅱ.①曹… Ⅲ.①中国文学—当代文学—
作品综合集 Ⅳ.①I217.1

中国版本图书馆 CIP 数据核字(2012)第 087887 号

美味"杀手":全国河豚美文大赛作品选

主　　编/曹学松
责任编辑/林　卉
出版发行/江苏大学出版社
地　　址/江苏省镇江市梦溪园巷 30 号(邮编:212003)
电　　话/0511-84440890
排　　版/镇江文苑制版印刷有限责任公司
印　　刷/扬中市印刷有限公司
经　　销/江苏省新华书店
开　　本/787 mm×1 092 mm　1/16
印　　张/11.5
字　　数/180 千字
版　　次/2012 年 5 月第 1 版　2012 年 5 月第 1 次印刷
书　　号/ISBN 978-7-81130-373-5
定　　价/45.00 元

如有印装质量问题请与本社发行部联系(电话:0511-84440882)

目 录

序

王继兰 ———————

　　河豚是一种味道极为鲜美的洄游性鱼类,其肉洁白如霜、滑腻似脂,滋味腴美,香鲜畅神,堪称水族一绝、鱼中极品。千百年来,河豚一直为名家和老饕所推崇,历代文人墨客不乏赞美之词。

　　位于长江下游扬子江中的扬中市,四面环江,特殊地理环境造就了这方江中浮玉,自然的造化使这里平坦的江面和湿地成了河豚休养生息、洄游繁殖的乐土。独特的水质、适宜的气候也使扬中地域的河豚品质优于其他地区。

　　如果说悠悠水韵赋予了小岛灵气,那么一尾小小的河豚则成就了江洲传奇。说不尽的民间故事,道不完的河豚掌故,悠久的食用习俗,高超的烹饪技艺,孕育了神奇而丰厚的扬中河豚文化,历久弥新,生生不息。自2004年起,一年一度的大规模、高层次的河豚美食节更使扬中河豚名扬天下,大放异彩。扬中也因此被誉为"最值得向世界推荐的中国河豚岛"。伴随着节庆效应的裂变,河豚元素已渐渐融入扬中城市的血脉,并成为扬中人引以为豪的城市图腾。

　　今年,全国河豚美文大赛作为扬中市第九届河豚美食节的一项重要活动,在春江水暖之时盛大启动。令人备感欣慰的是,此次大赛得到了全国各地文友及名家的大力支持和积极响应,这本《美味"杀手"——全国河豚

美文大赛作品选》的面世便是最好的见证。翻阅全书，佳作荟萃，读来酣畅淋漓。书中美文涵盖广泛，有对河豚文化的深刻解读，有与河豚亲密接触的切身感受，有对我国乃至世界河豚产业的探寻，有瑰丽神奇、想象丰富的传说和童话……阅读的同时也是一次享受的过程，或为独到的见解拍案叫绝，或被细腻的笔触深深感动，抑或因生动的描写会心一笑。品读美文竟与品尝河豚美食有异曲同工之妙，真真令人"回味无穷"。

全国河豚美文大赛已划上句号，第九届河豚美食节也圆满落下帷幕，但我们对河豚文化挖掘、传承的脚步并不会就此停歇。连续九年举办的河豚美食节，使河豚文化在人与节日的互动中，不断被深化、根植和升华。借助美食节这个开展文化交流、展示对外形象的"窗口"，"扬中河豚甲天下"的美名广为传播，无数乐享佳肴的食客慕名而来，一大批有识之士投身扬中发展的洪流，创造了扬中跨越奋进的一个又一个奇迹。衷心祝愿河豚美食香飘四海，河豚产业蒸蒸日上，河豚文化发扬光大；祝福"中国河豚美食之乡"扬中的明天更加辉煌！

（作者系中共扬中市委常委、宣传部部长）

顾
凤
珍
GU
FENGZHEN

春意盎然

68×68 cm
水墨画
2012 年

名流篇

二月水暖河豚肥

叶兆言

又到了吃河豚的季节。一说季节，朋友忍不住笑，现如今还有啥季节，蔬菜反季，水果反季，人也反季，天气乍热还冷就迫不及待地打开空调。至于吃河豚，则更是到处都有，四季皆可，有闲情便行，有银子就成。想当年"文化大革命"，最流行的口号是"人定胜天"，说穿了是口气大、嘴上痛快；现在不流行这话了，反倒真有些敢跟老天爷叫板的意思。

搁历史上，吃河豚是地道的民间享受，康熙和乾隆一次次下江南，什么样的传奇都有，唯独没听说过吃这玩意儿。皇帝他老人家自然不敢吃，就算想，有这个心思，大臣们也不敢准备。拼死吃河豚，注定了是一种平民老百姓的境界，民不畏死，奈何以死惧之。据说当年苏东坡吃河豚，有人问滋味如何，他很平静地回答："值那一死。"意思是太鲜美了，人生苦短，遇上河豚这么好吃的食物，就算死也值。

苏东坡有个一起遭贬的哥儿们叫李公泽，同样是失意文人，苏东坡为美味不惜冒死，而这位李先生便有些扭捏，面对美味不说怕死，而是随意找了个堂皇的理由。他义正词严地予以拒绝，认定河豚是一种邪毒，非忠臣孝子所宜食，把吃不吃河豚上升到了骇人的高度。后学根据两位先贤的河

豚观做出结论，所谓"由东坡之言，则可谓知味；由公泽之言，则可谓知义"。

生活在长江下游的老百姓对季节最敏感，这一带四季分明，不同的日子，有不同的美食。家父生前，一心想学知味的苏东坡，十分向往河豚，无奈那年头还不能人工养殖，作为一个"反过党"的"右派"、一名被贬的职业编剧、一名经常要下乡体验生活的写作者，久有食河豚之心，却很难如愿以偿。二月水暖，河豚欲上，他发现总是赶不上吃河豚的日子，总是很不凑巧错过了大好季节，心有余而力不逮，与一帮民间的饕餮之士切磋美食时，因为没有品尝过河豚，难免有抬不起头的感觉。

一直觉得河豚能被我们津津乐道，源于它的剧毒。这也是家父的深切体会，直到改革开放，他才有幸大快朵颐，第一次吃河豚，为此专门写过文章，且被好几本谈美食的集子收录。过去的年代，河豚是禁食之物，不允许市场流通，因为不允许，因为一个禁字，仿佛禁书一样，勾得文人心里痒痒的。无毒不丈夫，人生乐趣有时就是小小的出格，冒险不危险，给嘴馋一点理直气壮的借口。

兴冲冲地去扬中参加"河豚节"，行家说的种种剧毒，河豚肝、河豚眼，逐一生涮品尝，在过去等于自杀了几回，现在却屁事没有。世事难料，人生无常，这年头有毒的没毒，不该有毒的竟然有毒，谈笑风生之际，感慨之心顿生。

叶兆言

1957 年出生，江苏南京人，一级作家，江苏省作家协会副主席。 20 世纪 80 年代初期开始文学创作，创作总字数约 400 万字。 主要作品有七卷本《叶兆言文集》、《叶兆言作品自选集》以及其他各种选本；另有长篇小说《1937年的爱情》、《花影》、《花煞》、《别人的爱情》、《没有玻璃的花房》、《我们的心多么顽固》，散文集《流浪之夜》、《旧影秦淮》、《叶兆言绝妙小品文》、《叶兆言散文》、《杂花生树》等。

河豚那些事儿

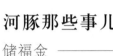

储福金

我第一次吃河豚,是在扬中。

20世纪80年代,我在一家杂志社当小说编辑,晚春季节,在镇江参加了一个会议,会议结束时,有个朋友走到我身边,悄悄地问:"吃过河豚没有?"

我说:"没有。"

朋友问:"想不想尝一下?"

我犹豫了一下,说:"想。"

我吃东西没有忌讳,插过队的人,在那困苦的年代,糠饼、野菜团子,什么都吃过。后来,人生的路宽了,走的地方也多了,上了饭桌,各地的风味食品尝得不少,炸蝎子、炸蚕蛹之类的也敢吃。

但提到吃河豚,我还是犹豫了一下,这是出于我之前对河豚的一知半解。而这一知半解与生死传说连着。

有关河豚的传说,都是父亲留下的。做工人的父亲这一辈子不少次说过关于河豚的事,但一次河豚都没吃过。父亲说到河豚,便会说到它的毒,单一锅汤便能毒死一桌人。父亲也说到河豚的鲜,这河豚的鲜对父亲来

说，是没有具体概念的，也许带着想象，带着向往。有人明知可能被毒死也要去吃河豚，这河豚的鲜味肯定是无可比拟的了。"拼死吃河豚"，说到河豚，父亲总会说到这一句。所以，乡下人抓到了河豚，做河豚的厨师，必须是自家人，谁放心把一家人的命都交给别人呢？河豚上桌，也不请别家的人吃，让人可能陪着死的事，能当好事请人来吗？宰河豚的时候，必须把河豚的眼睛与内脏取出放在一边，一件一件数清楚，再细细地洗，不能让一丝血残留。"不是拼死吃河豚，是拼洗吃河豚"，父亲这么说。

那次与朋友一起去了扬中——似乎只有扬中能吃到河豚。扬中隶属江苏镇江，与镇江只隔着一条江。中午便吃到了河豚。在一家招待所，饭桌上三四个菜，足够两个人吃的了，最后上了一盆汤，是河豚做的汤。朋友与我都望着这盆汤，好一会儿没动手。我想朋友大概也是第一次吃河豚吧。招待所的副所长很快出来了，这盆汤是她亲自做的，她一边用围裙擦着手，一边殷勤地劝吃："吃吧，洗得很干净的。"

朋友先向盆里伸了筷子，并看了我一眼，他的意思是他先动手。一般来说河豚中毒在 20 分钟之内，一旦中毒，是无药可治的。我也跟着伸筷子了，人要讲义气，两个人同行的，不能单让朋友一个人中毒吧。入口还没觉得什么，慢慢地就有心思来品一品了，果然鲜美，鲜到味觉深处，那深处仿佛起了微微的颤抖。感觉放大了，似乎嘴唇有点麻，据说有人吃一口汤就中了毒，既然吃了，吃肉吃汤都一样，一口与一盆都一样。于是，不管三七二十一，两人把一盆汤分了，和着米饭，吃了个干干净净。这一顿和汤的饭，是以往从未吃过的最好吃的饭。

自此以后好些年，我再没吃过河豚。不吃也没有什么念想。反正说起来，河豚是吃过了，河豚很鲜。那时候的河豚并不贵。只是吃与悬念连着，吃与生死连着，实在不想再而三的。

近些年，河豚似乎不是稀罕菜了。春季会议用餐，江南好多县市都会有河豚上桌，也不再有会中毒的意识。当然，河豚之席价格不菲，人们的生活有了提高，一般人请客也会上河豚，似乎极少有人提到河豚中毒的事了。

春上，又去了一次扬中。这一次，在一个大水泥池中看到了活生生的河豚，在水中窜游着的河豚圆头圆肚，胖乎乎的，十分可爱。听说，如触弄了它，它会生气，肚子鼓起来，整个身子会鼓成一个球。

扬中的这一顿河豚宴,又有新鲜事儿:原说河豚的眼睛与内脏有毒,这一次却吃到了河豚眼蒸蛋,还吃了在火锅中涮过的河豚肝。切成片的河豚肝在滚沸的火锅汤里,经七上八下涮熟后,入嘴确实鲜嫩。

　　社会发展很快,生活变化很大,原本神秘之物已成为更多人餐桌之上的食品了。

储福金

江苏宜兴人,一级作家,江苏省作家协会副主席,江苏省有突出贡献的中青年专家,享受国务院政府特殊津贴。主要作品有:长篇小说《心之门》、《奇异的情感》、《羊群的领头狮》、《紫楼十二钗》、《柔姿》、《雪坛》、《魔指》,中篇小说集《神秘的蓝云湖》,散文集《禅院小憩》、《放逐青春地》,小说集《裸野》(英文、法文版)等。其作品《心之门》获江苏省政府文学艺术奖,《彩、苔、怆》获《上海文学》奖,《缝补》获《北京文学》奖,《黄表》获1988年《萌芽》奖,《石门二柳》获首届《钟山》文学奖,《平常生活》获《天津文学》奖,其作品还获1992年庄重文学奖。

第 N 个吃河豚的人

姜琍敏

　　先说明,所谓第 N 个吃河豚的人,就是在下。

　　这里有两层意思。一是从广义上看(同时也隐含着我的敬意):据考证,国人享用河豚,视之为天下极品美食,以至于明知其有毒仍趋之若鹜、不惜"拼死"以快口腹之历史,至少已有两千年以上。那么,余生也晚,当我有幸面对河豚之际,已经不知是第几代、第几个品尝者了,因此只能算是第 N 个。千百年来无以计数的先人,已经以一种在我看来至今仍称得上大无畏之精神品尝河豚的美味,体验过"拼死"的意境;而其中的佼佼者,则积累了烹饪河豚以使他人可安全无虞享用的丰富经验——这些人真可谓善莫大焉,值得我肃然起敬。而其他一切先人,无论吃过多少回,做过多少回,必定都各有各的"第一次"及其由此带来的丰富多彩的心理况味。依据鲁迅先生关于第一个吃螃蟹的人是勇士的逻辑,这些人的第一次,在我这样的人看来,某种程度上也都可以视为勇士。虽然比起历史上那个真正第一个吃河豚的人来说,无疑要逊色得多,那位"第一个",显然已不在勇士或英雄的范畴内了。因为河豚毕竟不是螃蟹,虽然它看起来远不像螃蟹那样张牙舞爪地吓人,敢于率先尝试它者,必定是一个"死士"。但我也想过,那第一个吃河豚的"死士"虽然更可敬,也未免太可悲。因为他一定是还没弄清是怎么回事,就作了糊涂鬼了。但客观地说,他(及更多的他)的死给别人敲响了警钟,使后人从教训中反复摸索,找出办法,虽然肯定还有许多不幸的牺牲者,但最终却给后代们趟出了一条安全而又不无刺激的路子,使人类多了一种既可大快朵颐又可满足猎奇心和探险欲之新活法。而无论如何,那些能够科学地认识到河豚之特性从而发明出独特且有效的烹调法以造福于千千万万后人的庖厨,值得我们为之立一丰碑,千秋万代祭祀之。

所以我总觉得,吃河豚的意趣首先并不在于其美味,而更在于这而今已日益寻常但实际仍称得上不寻常的食物所具有的神秘感,及其某种程度的刺激性和挑战性。因而吃不吃河豚和怎么吃,就不仅是一种饮食现象,更是一种不无玩味价值的精神文化现象。

相比起来,如我这般的吃河豚者,不仅已是第 N 个,且只能算得个懦夫了。

因为我从 20 世纪末期起,就有过多次品尝这一极品美味的机会,而"第一次"则姗姗来迟。就是说,当同桌人都在争相下箸而兴味盎然之际,我却敬谢不敏,一筷子也不伸。要知道,那年头河豚还未开始大规模人工养殖,因而它不仅难得,而且相当昂贵,几乎是头面人物才能享有的待遇,而我竟然不识抬举。不是说我有多么矜持或淡定,多么的不贪口腹之欲,或多么的胆怯。早年我下放时当过外线电工,十来米的电线杆乃至几十米高的铁塔都爬过——但那是我的工作,是一种必须,而吃不吃河豚在我看来并不是一种谋求生存的唯一选择。我不想为一时之快而堕入不必要的惴惴不安中,这是性格使然。当然也得坦承,我的确是个怕死者。但在河豚面前,我怕的其实并不是死亡这个万古长夜之结果本身,何况我清楚地明白现代人食用河豚致死的几率不到万分之一。故而准确地说,我真正怕的,是那种由此可能产生的对死亡之恐惧与杯弓蛇影之感,这滋味在我看来比"一了百了"要难受百倍。因为我天生是一个想象力过于活跃的家伙,比如我这天恰巧有点感冒或血压有点偏高,不吃河豚也罢,一旦下了箸,则我这号人必定会因此而捕捉任何一点蛛丝马迹,稍有些头晕或不适,定然会联想到那据说比氰化钾还毒上一千多倍的河豚毒。那份随之而来的惊惶恐惧与疑神疑鬼,可想而知要比死亡本身或河豚的美味难以消受得多。

既如此，倒不如不去冒险以图安心了。虽然我也明白，这种心态在许多人看来不是神经过敏也是杞人忧天，但在我这类于某种情形下总不免怕一万就怕万一之人看来，对任何无万全把握的事情，还是退避三舍来得妥当些。像我这类人其实并不在少数，只是表现的场合各异罢了。君不见，明知只有百万分之一失事率的飞机，许多人还不是照样望而却步？

也许这种个性及其带来的阴影过于浓郁，以至于当河豚养殖业日益成熟，控毒河豚取代了野生河豚"游"上餐桌（不能不指出的是，低毒或无毒河豚的魅力对食客似也会同步下降），我可以更加确信它万无一失而终于决定伸出第一筷子之际，某种心理仍然在本能地作怪，必得待同桌都吃过十分钟以后才肯下箸（尽管我也知道，这点时间并不足以证明什么，河豚中毒的潜伏时间快则十分钟，慢则数小时之久）。为此，我总要饱受同桌的嘲讽与奚落，但我从不为所动。首先我没有道德上的顾忌，因为我比别人迟吃是我自己的事，参照别人的反应只是我之心理热身。别人吃或不吃也是他自己的选择，万一真有意外，与我吃不吃或早吃晚吃并无干系。只是，就这点而言，我不能不算是同桌中的异类，从微观上说，也是同桌者中特意于第N个吃河豚的人，甚至是许多人眼中的懦弱者或卑怯者。但有什么办法呢？我就是这么个人。世界上就是有这样那样的人——更谨慎者甚而还怕被树叶砸伤头；而喜好冒险逞强者，岂止是食个河豚，徒手攀岩或极地探险也不在话下，有人还爱于万仞绝壁间无任何防护地走钢索呢！同桌者，就请你包涵吧！好在这不仅无关道德，也无关原则或民族大义什么的。反而因我这样人的存在，让河豚这一独特的食文化又多了些趣味性和玄妙性，某种程度上说，未尝不是我之另一大贡献呢。一笑。

真正要说到贡献，河豚这种既有剧毒却又美味非凡的生物，对丰富人类菜单之贡献、对地方经济及文化发展之贡献，却是怎么言之也不为过的。比如全国最著名的河豚之乡、经济发展也领全国县级市之先的江苏扬中，据说其经济起飞之初，就曾得益于河豚之美名而每年吸引大批商贸人士，最多时可达十万之众，河豚之贡献又焉可谓不巨？

唉，怎么说呢，小小的河豚，大大的牺牲。真正该为之立一座丰碑的，恐怕首先得是这集剧毒与美味于一身、浑身长满茸茸的毛刺、时而会鼓起圆滚滚的腹部的不无可爱之相的河豚兄呢！

姜琍敏

原籍山东乳山，1953 年生于常州，江苏省作协《雨花》杂志主编。 1976 年发表处女作，迄今发表各类文字约 300 万字。 主要作品有：诗集《零零集》，中短篇小说集《不幸的幸运儿》、《愤怒的树林》，长篇传记《泪泉之花》，长篇小说《多伊在中国》、《洋老板在中国》、《心归何处》、《且乐》、《黑血》，散文随笔自选集《美丽的战争》等。 中篇报告文学《太阳从西边升起》获《江苏经济报》、《雨花》"长虹杯"全国热点纪实大赛一等奖，长篇小说《黑血》获江苏省 1996 年至 1997 年度"五个一工程"图书奖。

盛　宴

梁　晴

　　我对河豚的最初认知,好像来自一篇儿时的课文,课文内容对我产生的诱惑和刺激几乎终身难忘。课文的故事说,某天有钱人正在体验"拼死吃河豚"的快感,饿极了的穷人受不了河豚烹饪时散发出的异香,捡来厨师扔掉的河豚肝、子和眼睛洗净煮熟,狼吞虎咽后,瞬间倒地身亡。

　　由此,我知道了河豚滋味的鲜美绝妙,同时我也知道了河豚毒性之无与伦比,尤其是知道了河豚的毒素集中在其肝、子和眼睛。在这一认知的前提下,我居然认真设想:我们为什么不可以在假装邀请侵略者赴宴的时候,用最好吃的河豚消灭他们呢? 我真的很为我错过了那个年代和这个好点子惆怅过。

　　第一次吃到河豚,是20世纪90年代初,跟随一个作家团去江苏扬中采风期间。去的路上得知会吃到河豚,立刻就心跳加速。真的坐到餐桌上,看到一盆河豚炖秧草端上来,我已经紧张到满头是汗。同事们彼此调侃,说心跳得越快中毒也越快,于是大家聊着天儿,迟迟不动筷子。也许我的天性里比较不惧怕结果而惧怕悬而未决,我抓起筷子,先吃了河豚。

　　吃下了第一口河豚,我的心反而不再那么狂跳了,我开始从容地品尝河豚，也许这就是心理上的所谓"绚烂之极归于平淡"吧。五分钟后大家纷纷开吃，餐桌气氛回归了应有的热烈。

应该说我是有些失望的，因为除去心理上的亢奋和刺激，河豚给我的感官体验似乎一般。可是，之后回到宾馆，我很快便酣然入睡，睡梦中手脚温暖，全身轻盈而舒展，仿佛卧在缥缈的云端。那次睡梦中的美妙体验，此后每每令我回味。

也许那就是河豚送给我的见面礼吧。

之后在长江沿岸又吃过很多次河豚，因为少去了心理上探险的预设，感受到的也就是口舌上的饕餮罢了。

此次再来扬中吃河豚，竟然又一次心跳加速。原来随着扬中高厨们对河豚烹饪技艺的不断开拓，餐桌上已不再是一两道简单的河豚菜，而是令人目不暇接的全河豚宴！

一开始上的是林林总总的烩河豚、炖河豚，紧接着就上了一大盘河豚刺身，除了半透明的生河豚肉，还有一片片的生河豚肝和剧毒的河豚生殖器官。

我邻座的那位条件反射般身体往后仰，表示抵死不染指的决心。可是他刚端起一盅自认为安全的炖鸡蛋，就被主人告之鸡蛋里面炖的是河豚眼睛！

我放声大笑。笑河豚这次给我们的心理刺激不仅仅是集约式的，而且登峰造极到了"菜"不惊人誓不休的程度！

应该说生河豚片和河豚肝在浓汤里严格涮过"七上八下"后，味道和口感比红烧清炖要美妙很多倍，而刺身沾上芥末的吃法，估计会让整个日本民族为之倾倒。

扬中现在已有"中国河豚岛"的美誉，一年一度的河豚美食节也已经举办到了第九届，我在拥有"中华金厨奖"得主大厨的白玉兰酒店里边享河豚美味边遥想它的未来，不知还有多少关于河豚的美味和惊喜，会随着岁月的进程层出不穷地向我们展现呢！

梁 晴

梁　晴

1952 年出生，江苏南京人，中国作家协会会员，江苏省作家协会第四届理事。历任南京市《青春》杂志、南京市作家协会编辑，《雨花》杂志编辑部副主编。1972 年开始发表文学作品，共发表中短篇小说、报告文学、散文 200 多万字。主要作品有：长篇小说《清闲尘梦》、《冷月无声》、《过了雨季》、《红颜易老》、《至爱无情》，散文集《烛影摇红》，中短篇小说集《红尘一笑》、《中国作家经典文库·梁晴卷》，中篇小说《午茶时间》、《终点站巴黎》、《鞋带》、《陪床》、《京西美容院》、《花雕》等。短篇小说《忍冬》获第一届金陵文学奖、1987 年《十月》荣誉奖，短篇小说《红尘一笑》获 1992—1993 年《中国作家》"江轧杯"优秀短篇小说奖，报告文学《她们》获公安部首届金盾文学奖、江苏省第二届报刊优秀作品奖，小说《姐姐》获全国优秀小说奖。

味美河豚

傅晓红

　　小学时,家住镇江。俗话说靠山吃山,靠水吃水,靠江当然吃江鲜。如今金贵无比的"长江三鲜"中的鲥鱼、刀鱼,在 20 世纪 60 年代并不稀罕。阳春三月一到,我家饭桌上就会有刀鱼,红烧的、清蒸的,一直吃到清明后鱼刺儿硬了才舍弃。鲥鱼块头大,菜场都是剁开分着卖,家人常称四五寸宽的一块回来清蒸。鲥鱼肉细脂厚,油脂全藏在鱼鳞下。蒸烧时不刮鱼鳞,急火猛蒸,鱼鳞中的油脂渗入鱼肉,端上桌,鱼透明银亮、香味扑鼻。大人再三叮嘱我们要连着鱼鳞吃,那肥嫩鲜美的滋味如今还念念在心。今春刀鱼上市,每斤要卖 3 800 元,咂舌之余,感叹刀鱼早与寻常百姓绝缘,感慨今天的孩子少了我们当年的口福。鲥鱼几近绝迹,虽然国家禁捕多年,仍无成效。如今酒席上出现的鲥鱼,都是漂洋过海从美国运来的。海里的称之为鳌,其滋味与长江鲥鱼实在差之千里。

　　"长江三鲜"的另一鲜便是河豚。苏东坡写过"竹外桃花三两枝,春江水暖鸭先知。蒌蒿满地芦芽短,正是河豚欲上时"的诗句,看来宋代人就已开始品尝河豚了。河豚肉虽味美,但它的血液、内脏、卵、眼睛都有剧毒,每年都有人因吃河豚而死亡,新中国成立后国家曾明令禁止食用河豚。我小时候此鱼只在传说中听过，没见过。故事传得邪乎。故事一：一人捡拾别家丢弃的鱼内脏一包，回家煮煮吃，结果全家死亡，原来是河豚内脏。故事二：主人请客吃河豚，烧好后大厨先尝，十分钟后客人们看大厨没事开始动筷，谁知吃着吃着一个个喊嘴麻、手麻，都从凳上滑溜到桌下，主人一看不好，忙从茅坑中舀来大粪灌，众人大吐后才得以保命。那时被告知若吃河豚中毒仅此一法才能救活。灌粪皆因嘴馋，十分恶心，所以记忆深刻。"拼死吃河豚"就是讽刺那些贪口福不畏死亡的人。

让人既垂涎又畏惧的河豚，我在20世纪80年代初才第一次见其真面目。那时的江中小岛扬中县的书记认识我父亲，扬中四面环江，历来有嗜吃河豚的习俗，有专做河豚的大厨，懂得如何洗净后无毒烹饪。那时我家已搬至扬州，那位书记托人车船劳顿捎来几条红烧河豚，可见当时河豚多么稀罕。爸妈让我开洋荤，忐忑中我吞吃了一条，没事，但并不觉得有多鲜美，恐怕是因为搁了几天又是凉着吃下的，不过从此却有了向人夸耀的资本。

随后多年，吃河豚的风气越来越盛，河豚的身价扶摇直上，每到清明前后，部里、省里、市里一拨拨人直奔扬中、仪征几个地处长江边的城市吃河豚，听说一顿河豚宴价格要上万元。

直到20世纪90年代末，我才有机会跟随朋友在仪征真正品尝过一次河豚。白煨、红烧，各有其妙。我觉得河豚既兼鲥鱼之肥、刀鱼之鲜，又比鲥鱼肉细、比刀鱼肉嫩。实在是美味啊！

时间进入21世纪，随着人工养殖控毒河豚的成功，能烧河豚的饭店普及起来，吃河豚变得寻常了许多。秧草烧河豚，似乎是近十几年来的固定搭配，但最近出版的《扬中河豚菜谱》着实让我吓了一跳，扬中居然创新出一百多道河豚的烧法，让人眼花缭乱、垂涎欲滴。

今年春江水暖时，我有幸参加了扬中市第九届河豚美食节，品尝到特级河豚烹饪大师亲手制作的河豚佳肴。一道河豚涮锅令人难忘，晶莹剔透的河豚鱼片、浅奶黄色的河豚肝，没入沸水中"左三右四"、"七上八下"一番，蘸着酱油，入口即化，嫩极、鲜极，本应剧毒的河豚肝入嘴油润滑腴，简直可以跟鹅肝相媲美。难怪"河豚岛"扬中会获得"中国江鲜菜之乡"的美誉。

傅晓红

1952 年出生，笔名伍月，江苏苏州人，中国作家协会会员，一级作家。 现任江苏省作协创作研究室主任。 1987 年开始文学创作。 主要作品有人物传记《冰心》、《沈从文》等。 编发的作品曾获全国百年潮报告文学一等奖、鲁迅文学奖中篇小说奖、茅盾文学奖、中国人口文化奖等多种奖项，2005 年获江苏省第二届紫金山文学奖编辑奖。

爱美食与爱自由

赵翼如

《致命的诱惑》是一部电影的片名。原以为足以致命的诱惑,多与钱财、美色有关。

"拼死吃河豚"却让我纳闷了——什么样的口福,能叫大文豪苏东坡感叹"值那一死"呢?

那味道,太挑战想象力了。

"美食"对于我们这一代人来讲,似乎很有奢侈之意。想当年,讲究吃是要挨批判的。美食家,几乎是一个贬义词。听一熟人回忆,他爷爷某节前突然自杀,他奶奶认定,爷爷这样的享乐主义者,死的理由很简单:没好吃的了,被剥夺了享受的权利,毋宁死。

一个人痴迷于美食,会到肯死的地步。

热衷于吃的老人坦言:想吃点好吃的都吃不成,这日子还值得一过?

北大才女林昭,曾用自己的生命发起对自由权利的呼唤。新近得知,她遇害之前,在狱中给母亲写了一封信,向母亲要美食:"我要吃呀,妈妈!给我烧一锅肉……鱼也别少了我的,你给我多蒸上些鲜鲳鱼,统统白蒸清炖,整锅子端来……好吃,嵌着牙缝了……"信后又加了附注:"嘿,写完了自己看看一笑。举世皆从忙里老，谁人肯向死前休。致以女儿的爱恋，我的妈妈。"

爱美食与爱自由一样热切自然。作为一名追求自由的志士，没有女高音的花腔，没有含泪绣党旗的悲壮，却提醒着我们每个人生存的基本权利。

美食，最有日常生活的况味。而享乐者，一度成为被革命的对象。

"故乡的滋味，有时是吃出来的。"前不久我在美国一家中餐馆遇到某苏南老乡，一碗"秧草菜粥"，就像普鲁斯特说的小玛德兰点心，把他的思乡之门豁然打开。

谈及故乡，他说脑子里想起的就是"秧草河豚"。特别是扬中的秧草，干净、简约，透着一股子悠闲之气，收集了太多的乡间故事，是餐桌上不老的话题。而美国的快餐，用德莱姆的话来说，则是一种反常的愉悦。因为快餐似乎迫使你快，不仅要快，而且通常还是心不在焉的。

他在对秧草的记忆中，惊觉回到了从前的家……

秧草，又名金花菜、草头，古称苜蓿。它随处可见，却常被忽略。20世纪60年代，天灾人祸，从不上农药并能解毒的秧草，曾是乡亲们的救命草。

成全秧草的，除了江边的水气，还有地气——扬中乃江中沙洲，土质独特。秧草似灵物，叶片长得一波三折，色调很耐看。一寸寸从眼底舒展开，感觉清风在洗面——有绿荫围过来了。河豚的鲜灵，被吸纳到秧草的滋味里；秧草的野香，同样也会渗进河豚的气息中。

秧草提供的，是一种过日子的氛围，让人渴望享受那特别的滋味。

它是河豚的重要铺垫，像梦的简单布景：疏朗的秧草拢起绿色的托盘，凸显着河豚的"惊艳"，一如人生的安稳底子，愈发衬出个性张扬。

想象中的野生河豚颇为神秘。十几年前曾被邀去扬中尝鲜，我没敢，不敢义无反顾地把小命砸进去。据说电影《河豚》叙述了一段河豚一样摇晃的感情："河豚吃起来味美但剧毒，和爱情一样。"

如今人工养殖的控毒河豚，大致无中毒之虞了。但是不也少了些冒险的刺激以及对想象力的挑战？

最近，我在扬中见识了江里的野生河豚。河豚样子极可爱，生气时鼓成球状，像个顽童，如一枚半透明的果冻，有观赏价值。可近看，河豚的身上却带着许多小刺——用以自卫？据报载，湖南岳阳今年发现了11条死

亡的江豚。这个数字震惊了公众。

不知怎么，我想起《海底总动员》里的小丑鱼，演绎出那么多精彩故事。也许有些事是值得冒险去做的——比如它寄生于有毒的海葵中，自己不受其毒素的影响，依然冲出去保护小生灵……

听说扬中每年往江里放生数万尾河豚鱼苗。

承蒙扬中人款待，我面前放着一盘"秧草河豚"——当然是养殖的，与别处不同的是养殖于江水之中。

先尝了一口作为铺垫的秧草，猛然闻到了"故乡的气味"，舌尖满含清凉感……河豚微微侧着脑瓜，一副天真无邪的神态，让人不忍触碰。想象的补充是更有味的——我想把它保存在秘密里。

写下这段文字的时候，偶尔得知恰逢林昭遇害44周年祭日。于是，愿以这盘鱼遥祭一下。再细细读一遍她那封"我要吃呀，妈妈！"的信，以表达对这位爱美食、爱自由的女子的深深敬意。

赵翼如

1955 年出生，江苏无锡人，笔名林林、斯人。 历任江苏《新华日报》记者处记者，江苏省作家协会驻会干部，一级作家。 1978 年开始发表作品。1988 年加入中国作家协会。 主要作品有长篇传记文学《球场内外》、散文集《倾斜的风景》等。 散文《豆芽小姐变迁记》获 1985 年双沟散文奖、《男人的感情》获 1987 年《家庭》优秀作品奖。

美味"杀手"

王　川

　　中国人对鱼有种非常特殊的感情。在中国人的辞典之中,"如鱼得水"
是最自由潇洒的状态,"羡鱼之情"是人生最高的标格,"渔樵之乐"是士人
最淡泊的境界。原始的庙底沟人将鱼和鹳画在一起,用以象征阴阳交合,
祈求多子。汉朝人将双鱼镌刻在铜洗上,喻义吉祥。唐代的高官凡身着
绯、紫衣者必佩金鱼袋,以示等级。民间则多绘鱼形,取其谐意祈福,"年年
有余(鱼)"当是世俗的最大企盼。

　　但有一点,我要为鱼鸣不平:古人既视鱼为不可或缺的佳馔,但中国人
的"八珍"里却没有它。"八珍"的说法历来不一,民间所说的"八珍"里列
有一味鲍鱼,可是鲍鱼却不是鱼,它属贝类。《礼记》里提到的是"淳熬、淳
母、炮豚、炮牂、捣珍、渍、熬、肝",据梁实秋先生考证是指"牛、羊、麋、鹿、
麇、豕、狗、狼"这八味,并没有鱼。又一说是指"野驼蹄、鏖沆、醍醐、鹿唇、
驼鹿麋、天鹅炙、紫玉浆、玄玉浆"这八味,也没有鱼。还有一说是指"龙肝、
凤髓、豹胎、鲤尾、鸮炙、猩唇、熊掌、酥酪蝉",提到了鱼,但是龙肝和凤髓是
无处去寻的虚妄之物,让人对这份菜单的真实性产生怀疑。

　　鱼之不入"八珍",可能是因为物以稀为贵的缘故,鱼是人们心目中的

大众食品,并非缥缈神奇的天宫仙馔,它是可望又可即的。刀鱼、鮰鱼、鳜鱼、鲈鱼都能算得上是鱼中贵族,然而要说到名声卓著、最令人垂涎又最令人畏惧的,则要数河豚。

"蒌蒿满地芦芽短,正是河豚欲上时",河豚之味美,早在北宋时苏东坡就已经知道。此位饕公吃遍全国,算是最有眼界的美食家,他首推河豚为第一美食,这一评价应最具权威性。他对这一美食赞不绝口,甚至称它为"西施乳",虽然此名香艳过甚,但由此可看出此公对河豚的高度评价以及喜爱程度。

河豚是一种洄游型的鱼,生于长江而长于海中。每年春天来到长江口产卵,沿长江下游的仪征、江阴、靖江、扬中、丹徒一带都有吃河豚的习俗,这时的河豚正在生殖期,性腺发育,毒性最大,味也最美。河豚的血、卵、内脏和眼睛都有剧毒,食用前全得去掉,还要用水清洗干净,烹煮至透熟才能吃。

当地人打趣说"拼死吃河豚",要想不死,就得"拼洗吃河豚"。善于烹饪河豚的人先得具备洗濯之功,洗得干净,才能吃得放心。洗河豚之时,要细心检视,一一扒开,把最毒的眼睛、卵和内脏都一一摆放在旁边,最后一一数清,如果少了一样,那就必须要找到,否则混入鱼肉之中,就会惹麻烦。洗,当是免毒的第一道防线。

烹煮,是免毒的第二道防线,烹煮得法,可以把鱼中的毒素杀死,倘若温度和时间不到,都会有致死之虞。坊间有一传说:曾有人贫病交加,想吃河豚寻死,卖尽家产买来河豚烧煮,躺在床上等熟。岂知一觉睡得时间长了,河豚早已烂熟,毒性全无,食后竟然未死,可见多煮就能除毒。河豚之毒,冠于鱼类,因而河豚的产地往往有一种约定俗成的规矩:不请人吃河豚。倘若我家烧河豚了,你可以自己带筷子来吃。在吃以前还要掏出几个零钱来放在桌上,以示是自己买来吃的,吃死了自己负责任。而且一定是烧河豚的人自己先吃,待等一刻钟后没事了,客人再吃。如果发现有人中毒了,立即灌大粪来解毒。尽管这样,过去长江下游沿岸每年都还有人因吃了河豚而死亡,贪口腹之欲而丢了性命,称河豚为美味"杀手",恐不为过。

河豚味之鲜美,非常奇妙。它带有一种邪恶性,犹如诱人上瘾的毒品,在诸鱼之中简直无与伦比。它美而妖,鲜且毒,具有一种诱惑性,令人吃了

之后百味不知,所以在筵席上河豚这道菜通常都是最后一道。河豚有毒,从外形上一看便知,它的体色极其鲜艳,黄绿斑驳,像是一条菜花蛇,鼓着个大肚子,外面长满了刺。吃的时候,要将带刺的鱼皮翻过来,用鱼肉裹着送入口中才行,否则口腔就会被刺破。

现在,河豚已被那些冒险的饕客们抬到了天价,一斤河豚竟然卖到了千元以上。请人吃一顿河豚,要花费几十克黄金的代价,恐怕是中国身价最高的鱼之一了。吃河豚一定要赶在清明节之前,据说一过了清明,河豚就会全身有毒,再也吃不得了。不过,吃河豚的最大乐趣倒并非只是生理性的需要,而是在于心理性的。明知河豚有剧毒,却又受不住诱惑,极度好奇的心情混合着恐惧的心理,非常复杂,也非常微妙。仿佛是知法犯法,也仿佛是故意闯禁,带有一种冒险性的刺激,与通奸、走私、吸毒者的心理差不多。野生的河豚吃在嘴里,舌头上会产生一种微微的麻酥感,这就是鱼的毒素在嘴中的作用。现在已经培育出一种无毒的河豚,可以食之无虞了。无毒的河豚吃在嘴里,安全是安全了,却缺少了那份服毒般的惊险和刺激,食河豚时的情趣就要差了许多。

日本人也喜吃河豚,但日本人的吃法与我们有异。日本人一般不吃煮熟的鱼,他们多是吃生切的刺生,三文鱼、鳕鱼、鳟鱼、鳗鱼的刺生都吃,河豚也是切了吃刺生。不经过煮熟消毒的河豚鱼片,就这样生吃,只是蘸上一点酱油和芥末。在中国,庖人鞠躬如仪地端上来,摆在案上,鲜鲜亮亮的,客人却是怯生生地不敢下箸,踌躇再三,作谦让状。可日本人却是坦然就食,丝毫也不怕毒。但日本供食用的河豚绝大多数是人工养殖的,已经无毒,或者毒性不大,食之无碍。

河豚鲜美,连带它的幼仔也都大名鼎鼎,令人垂涎。明、清时期的诗文中曾屡屡提到,苏州一带有一种"鲃肺汤",是用鲃鱼的肺做的汤,味道极鲜美。后来终于吃到了这种闻名已久的"鲃肺汤",一碗汤里只有小拇指肚大小的两粒肉,那就是鲃鱼之肺了,可见鲃鱼并不大。再寻书觅典,原来鲃鱼就是河豚的幼仔,这真是"老子英雄儿好汉",只因为肉鲜味美,可怜从小时就躲不过人们的虐杀。

河豚味之美,并不仅仅在于鱼肉,还有一些佐味的辅料。扬中人烧河豚,似乎是无所不用其极,但凡春天里鲜美的料,都会用上去,如使用鲜笋、秧草与河蚌来烧。扬中是竹乡，平原河洲之上，鲜笋处处。秧草在江南也极其普通，凡有稻田处，便有秧草在。秧草原可用作绿肥，但扬中人慧眼发现，用它来佐烹河豚。普通的小草与河豚的鲜汁结合，又鲜又嫩又绿，美味之极。秧草本名苜蓿，是一种舶来植物，原产自西域波斯一带。因其每茎上都生有三枚心状的叶子，被西方人视为爱情的象征，也是三权分立的象征，爱尔兰等地的国草就是这种三叶草。汉代张骞通西域，带回了汗血宝马，同时也带回了马的饲料苜蓿，马吃了这种草，就会长膘。苜蓿的生命力顽强，几乎播下种子就能茁壮生长。但在北方，它仅仅是喂马的饲料，虽然种植，但不作食物的。只是到了江、浙、沪一带，才有人把它纳入食谱，视为美味，称为草头。扬中人则直呼为秧草。没有秧草佐食，河豚的美味就会寡淡许多，有人甚至评价说，烧在河豚里的秧草，要比河豚本身好吃。苜蓿是植物的一大科目，现在已经广泛运用于绿化和栽培，但并不是所有的苜蓿都能吃。扬中人吃的苜蓿，也由田里自由栽种发展到了大棚栽培，上升到了产业的级别。

"肉食者鄙"，或许可以看作古人对于嗜食肉者多有不屑，然而对吃鱼者却有好感。一名屠夫会被人所不齿，渔夫却是人人称羡。桌上没有肉不会有人提意见，但是没有鱼就会有人弹铗唱"不如归去"。骂人是猪是一种侮辱，而称人是美人鱼则属称赞。古代的君子酸文假醋，高唱君子远庖厨，闻其声而不忍食其肉，却在潭边大谈鱼经，临渊而羡鱼。这一切，都反映出中国人对于鱼的一种奇特而微妙的心理。作为一种文化，鱼已经深刻地印入中国人的心中了。

王 川

1947 年出生，江苏镇江人。 中国作家协会会员，中国美术家协会会员，镇江市文联副主席，镇江市作协主席，镇江市政府专家组专家，江苏省作家协会理事，江苏国际文化交流中心理事。 至今已创作并发表各类文学作品300余万字，出版 12 部书和 5 本画册。 主要作品有《白发狂夫》、《野怪乱黑话石鲁》、《美丑大典》、《一佛一世界》和《五色廊》等。 其中《白发狂夫》获"人民文学奖"。

顾凤珍 GU FENGZHEN | 竹外桃花三两枝

45×68 cm
水墨画
2012 年

四海篇

画境扬中，豚香天下

张天林

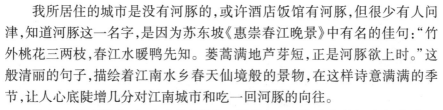

　　我所居住的城市是没有河豚的，或许酒店饭馆有河豚，但很少有人问津，知道河豚这一名字，是因为苏东坡《惠崇春江晚景》中有名的佳句："竹外桃花三两枝，春江水暖鸭先知。蒌蒿满地芦芽短，正是河豚欲上时。"这般清丽的句子，描绘着江南水乡春天仙境般的景物，在这样诗意满满的季节，让人心底陡增几分对江南城市和吃一回河豚的向往。

　　今年4月到扬中，却有点"意外"。霏霏细雨，将暮春的江南幻化成人间天堂。作为自驾旅行团的一员，我们一行到扬州和镇江转了一圈，正准备驾车往上海时，却碰巧在媒体上看到有关扬中市举办第九届河豚美食节的消息。想到美如画境的扬中，想到让人充满联想的河豚，这让品味过这道美食的团友们心痒难耐，也让我这样没有品味过河豚的人垂涎三尺，跃跃欲试。于是，经过再三权衡，大家同意更改行程，在去上海的途中到扬中游览一番，看看江洲美景，看看烟花葱茏，尝尝江鲜美味，品品河豚美食，体会扬中人的幸福生活。

　　春天的扬中是美的。扬中的美，美在树多，美在水绿，美在一份不张扬的自然。绿意葱茏的城市，让人的身心瞬间浸染花的清香，城市的周边烟

波浮动，让人有种身临仙境、淡雅清幽的感觉。观望江洲绿境，天设地造的扬中让人萌生对自然的敬畏和感恩。历经风雨的扬中民居，每一根梁，每一根柱，都印刻着历史的尘烟，见证着先民的风雨历程。江河上悠然的船只，街道上漫步的白发老翁，每一道景，每个细节，都蕴藏着无尽的诗意。整座城市仿佛是一幅名家画作，分开来，每一章节都精微细致，弥漫着浓浓的人间烟火；拼在一起，场景恢弘，气势磅礴，让人叹为观止，也让游扬中的"驴友"如醉如痴。

在扬中，吸引人的除了美景，自然就是刀鱼之类的江鲜以及扬中河豚了。"扬中河豚甲天下"，"品尽河豚味，不知江中鱼"。近些年来，扬中因为河豚的名气扶摇直上，扬中河豚美食也因技压群芳，几乎成为全国河豚美食的代名词。朋友说，现在一说吃河豚，人们自然想到的就是扬中河豚了。按朋友的话说，扬中河豚比起其他地方的河豚，肉质更细嫩、味道更鲜美、营养更丰富，且扬中河豚的加工手法更加细致，技艺更加稔熟。重要的是扬中做的河豚菜肴，不但鲜美可口，而且色泽鲜艳、滋补养颜，让人食之不忘。

在当地朋友的引领下，我们找了家饭店品食河豚。朋友说，最常见、最充分利用的传统烹食方式就是制作白汁河豚。白汁河豚可溶性蛋白含量极高，是滋补佳品，尤其是汤汁"白皙如乳"，倍受食客欢迎。得到了大家的首肯，说话间，酒店的厨师便开始杀河豚，挤血、剥皮，稔熟而利落，没有那种血腥四溅的场景，也没有复杂繁琐的流程。只见厨师的手上下翻飞，便将鱼皮烫洗干净，鱼肝的血漂洗净后剪成片子，然后用色拉油炒肝，炒成金黄色后加入纯净水，烧开再放入洗净的鱼身，佐以生姜、葱、猪油、白糖和少量白酒……这样的过程，大约是一小时。所以，品味河豚的过程，是急不来的，是慢生活的最佳展现。

这倒也好，制作河豚的过程慢下来，大家反而知道这道美味是怎么做出来的。从操作过程可以看出，白汁河豚不加任何高汤、鸡精等佐料，是菜肴最简式的加工制作。朋友说，扬中河豚只能用纯净水来烹，用自来水之类根本不能让河豚自身的醇香释放出来，更不能保持原汁原味的清香，且加盐调味装盘也是有讲究的，白汁河豚的装盘，可以呈现河豚浮游的模样儿，让食客先欣赏再品尝，自有无限的妙处。这一点是我们所没想到的，这河豚美味,做法如此简单,但食材和火候却如此讲究,真可谓有简有繁,舒展有度,考验厨师功夫!

约摸一个多小时的等待终于结束了,老板娘笑吟吟地将白汁河豚以及众多河豚菜肴往桌上摆放,什么河豚烧竹笋、河豚烧秧草、锅仔豚鱼头、凉拌河豚皮……有红烧,有冷装,有拼盘,真是五花八门、缤纷多彩。再看我们看着厨师下锅的白汁河豚,真是汤汁浓郁,白皙如乳,鲜美无度,未及入口,早已是一股浓香入心头。欣赏之余,动箸尝尝鲜嫩可口的鱼肉,喝几口清淡鲜美的鱼汤,再用大碗盛点汤泡饭,大家的感受就胜过苏东坡那种"甘美远胜西子乳"的体会了。

暮春早夏,扬中柳絮飞花,烟雨蒙蒙,豚香飘飘,人人味蕾舒畅。与朋友一边欣赏扬中胜景,一边揉着发胀的肚皮,我突然有些羡慕和嫉妒生活在扬中的人们了。经济浪潮之下,我已经很久没有时间品味这仙境般的诗画山水,也没有情调品尝到这么质朴和清淡鲜香的美味了。这方诗画山水间居住的人们、这种让人难忘之美味,该是扬中日积月累的美的精华吧,该是天长地久吞纳长江的大气和写意之美吧,要不然,扬中怎会有这般秀美之气? 扬子江水怎会有这般婉约之姿? 城市怎会有这样的安详之态? 这样想想,心里便更加留恋扬中的美景美食了。

河豚，春天里的美食传奇

陈宏嘉

　　"竹外桃花三两枝，春江水暖鸭先知。蒌蒿满地芦芽短，正是河豚欲上时。"这首题画诗是宋代文学家苏东坡为惠崇和尚的《春江晚景图》而作。诗人用简练而形象的语言，为我们再现了画中的江南春色：春江岸上，翠竹桃花，红绿掩映；春江水中，碧波荡漾，群鸭嬉戏。更妙的是，诗人还由岸边的蒌蒿、芦芽，联想到此时正是味道鲜美的河豚溯水上游的时候，以丰富的想象补充了画面的不足。读东坡先生这首家喻户晓的小诗，不仅会陶醉于诗中所描绘的春回大地的美景，更会钟情于河豚谱写的美食传奇。

历 史 篇

　　中国人食用河豚有着悠久的历史。根据《山海经·北山经》记载，早在距今四千多年前的大禹治水时代，长江下游沿岸的人们就品尝过河豚，并知道"河豚有毒，食之丧命"。约两千多年前，吴越之地盛产河豚，吴王成就霸业后，河豚被推崇为极品美食。据说吴王在品尝河豚精巢时，对其洁白如乳、丰腴鲜美、入口即化、美妙绝伦的感觉，不知该如何形容，联想起倾国倾城的美女西施,遂起雅名"西施乳",并在民间盛传开。汉代名医张仲景的《金匮要略》中,存有当时人们食用河豚的内容。晋代左思的《吴都赋》中,描述过河豚的体型及外表特征,并翔实记录了当时人们烹制河豚的方法。河豚在唐代是宫廷佳肴,玄宗曾赐河豚给李林甫品尝,李为之感激不已。宋代,食用河豚之风更盛,宋代严有翼在《艺苑雌黄》中说:"河豚,水族之奇味,世传其杀人,余守丹阳、宣城,见土人户户食之。但用菘菜、蒌蒿、荻芽三物煮之,亦未见死者。"足见当时河豚不仅是达官贵人宴席上的珍馐,也成了普通百姓餐桌上的佳肴,食用河豚之风空前普及。尽管沈括在《梦溪笔谈》中明确指出"吴人所食河豚有毒",李时珍在《本草纲目》中殷殷叮咛"(河豚)味虽珍美,食之杀人",元、明、清乃至现代人嗜食河豚之风仍是有增无减,食用地域也更为广泛,遍布黄河、长江中下游及沿海地区。

　　河豚虽有剧毒,但味美无比,引无数文人雅士竞折腰,他们纷纷做诗填词,留下诸多描写河豚的华彩篇章。宋景佑五年(1038年),著名诗人梅尧臣在范仲淹的宴席上,当同僚们绘声绘色地讲述河豚时,忍不住即兴作《范饶州坐中客语食河豚鱼》一诗:"春洲生荻芽,春岸飞杨花。河豚当是时,贵不数鱼虾……"此诗使"河豚"声名鹊起,被欧阳修誉为"绝唱"。苏东坡《四月十一日初食荔枝》中有这样的诗句:"先生洗盏酌桂醑,冰盘荐此赪虬珠。似开江鳐斫玉柱,更洗河豚烹腹腴。"在苏东坡看来,荔枝的美味是其他果品无法媲美的,只有河豚丰腴洁白的精巢烹制成的"西施乳",才能与之相比。元人成始终在《直沽》诗中说:"杨柳人家翻海燕,桃花春水上河豚。"明人高承埏在《杨柳青》诗中写道:"荻笋新芽,河豚欲上,拼醉炉前。"清人崔旭《津门百咏》诗云:"值得东坡甘一死,大家拼命吃河豚。"这些诗句表明,对于河豚,国人不仅喜爱、痴迷,简直连性命也在所不惜了。最有趣的是清人秦荣光,他在诗中写道:"一部肥拼一裤新,河豚出水候初春。"说的是浙人喜食河豚,竟不惜典当自己的新裤子换取口福,令人忍俊不禁。鲁迅在《无题二首》中吟道:"岁暮何堪再惆怅,且持卮酒食河豚。"看来,河豚也是这位大文豪的心爱之物。

　　河豚的故乡在中国,最早食用河豚的也是中国人。各种典籍中对河豚的记载、文人雅士对河豚的题咏,令河豚蜚声中外,形成了我国独特的河豚饮食文化。

现实篇

"天下珍馐居江洲,鲥鱼刀鲚秧草头。更喜玉兰河豚宴,馋煞八方饕餮侯。"扬中传承和发扬了我国历史悠久的河豚饮食文化,凭借优越的自然资源和高超的烹饪艺术,在全国众多河豚之乡中脱颖而出,冠绝天下,独树一帜。河豚美食不仅在当地形成习俗,而且风靡大江南北,香飘五洲四海,春天到扬中吃河豚已成为一种时尚。究其原因,据笔者亲历体验,主要有四点:

一是质优。扬中岛距长江入海口200多公里,四面环江,岸线长达120多公里,长江水域面积100多平方公里,沙洲纵横,河港交错,虫藻麇集,饵料丰富,是天然的渔场。每年3月至5月,溯江而上的东方暗纹豚(当今世界20多种河豚中最好的品种)由咸水区进入淡水区,一路吞噬小鱼、小虾、贝壳、藻类及各类微生物,因而肉质十分鲜嫩。自古有河豚过了镇江焦山就不再进食之说,这意味河豚这时已进入临产状态。位于焦山下游的扬中河豚尚处临产之前,体格健壮,味道鲜美,故而品质最好,弥足珍贵。

二是技高。扬中厨师有一套独特的宰杀及烹饪技法,将河豚美味发挥得淋漓尽致。宰杀时一改传统的菜刀宰杀方式,直接用剪刀从头部宰杀,先剪掉眼珠,再剪开腹部,然后扒皮,去除内脏,挤净血液,最后冲洗干净。这样既提高了宰杀速度,又保持了河豚外观的完整。在烹饪技法上,一改用河豚脂肪炸油的烧法,而采用河豚肝与小榨豆油一起熬制直接烹调,并选择当地出产的嫩燕竹笋和秧草作为配料同煮,自然鲜美无比。目前,比较流行的是"一豚三吃",即先是红烧,然后是河豚烧秧草,最后是河豚烧泡饭。常见的河豚菜品有十余种:凉拌河豚皮、椒盐河豚鳍、滑炒豚丝、红烧河豚、河豚烧竹笋、河豚烧秧草、河豚烧老蚌、白汁河豚、白煨河豚、烤豚白、河豚龙凤胎、河豚刺身、锅仔豚鱼等。扬中大大小小的烧制河豚的饭店有两三百家,菜品繁多,如百花争妍,令人目不暇接、垂涎三尺。

三是安全。扬中训练有素的厨师,是烧河豚的行家里手,从河豚的宰杀、清洗到烹调,自始至终认真负责,道道工序修治得法。河豚的毒素存在于血液、内脏和眼球内,加工时,只要彻底去除,反复清洗干净,烹调时烧熟

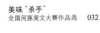

煮透，即可确保食用安全。长期以来，扬中厨师在实践中摸索出一整套成熟的去毒、克毒方法，故而餐饮业从未发生过一例食河豚中毒的事故。

四是创新。扬中的河豚烹饪大师们在祖传烹饪技法基础上，推陈出新，能制作百余种风味不同的河豚菜肴。在今年 3 月 18 日开幕的第九届中国扬中河豚美食节上，扬中 9 家河豚名店大厨推出 40 多道菜品，与中国港、澳、台地区和韩国、日本、新加坡等国家的名厨现场竞技。18 只河豚嘴与鸽子蛋制作了"群唇拱月"，河豚肝和子制作了"宫廷藏红花西施乳"，河豚肝、子、眼睛及整条小河豚制作出形如秋千、口味多样的"豚趣"，刀鱼馅水晶饺及河豚、鲍汁制作出"水晶刀鱼配河豚"……一盘盘色、香、味俱佳而又风韵各异的菜品大放光彩，好评如潮。

扬中一直以盛产鲥鱼、刀鱼、鮰鱼、河豚等江河淡水鱼珍品而闻名遐迩，风味独特的扬中江鲜菜自成一体，成为我国饮食文化宝库中的一大瑰宝。2004 年举办首届扬中江鲜美食节，2005 年 11 月荣获了"中国江鲜菜之乡"称号，2011 年第八届河豚美食节首次以"河豚节"冠名，并荣获中国烹饪协会授予的两块牌匾——"中国河豚美食之乡"、"中国河豚烹饪科研基地"。

目前正在举行的第九届中国扬中河豚美食节为期两个月，活动内容丰富多彩，有国际河豚烹饪邀请赛、国际河豚文化论坛、全国河豚美文大赛、登录中国河豚岛"微游记"活动、中国河豚岛自驾游活动、北京等地河豚美食推介会、中央电视台"中国河豚岛探秘"专题片摄制等，吸引了几十万海内外宾客汇聚扬中。"中国河豚岛"扬中市正在经历破茧成蝶的华丽嬗变，它必将在更高层次上、更大范围内绽放出无与伦比的光华。

河豚，这个集剧毒与美味于一身的神奇精灵，几千年来，生生不息，总是在春天里搅动我们民族的味蕾。它是美食，又不仅仅是美食，还有着丰厚的文化内涵。不管是在古老的历史册页里，还是在鲜活的现实版面上，它都闪耀着并将继续闪耀着璀璨的传奇光环。

缘来是河豚

朱 琳 ————————

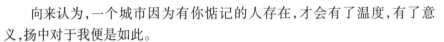

　　向来认为,一个城市因为有你惦记的人存在,才会有了温度,有了意义,扬中对于我便是如此。

　　一直在南京读书,扬中距离南京不过两个小时的车程,可如果不是因为豆豆这位扬中姑娘,扬中在我的世界里,也许永远只是个地图上的一个小小标记,相见不相识。

　　偶然又必然,缘分到了,我便到了扬中。河豚,原本就是我与扬中金风玉露一相逢时的礼物,这份礼物因为难得,而显得格外惊艳。

　　这年春天,可爱的豆豆邀请我们几位大学好友到扬中相聚,我们几个人心里一盘算,觉得豆豆怎么也可以算做自己人,属于可以去"叨扰"的朋友,于是,几个人就兴冲冲地坐上了开往扬中的汽车。

　　以前,豆豆经常对我们说起扬中,说扬中是长江中的一座小岛,我一看地图,笑了,这哪里是小岛,它分明霸气地把浩浩长江一分为二。这座扬子江中的岛屿有着怎样的风情呢? 旅行伊始,我心中已生长出嫩嫩的好奇和期待。

　　老友相逢,人生乐事之一,与扬中的缘分便在一片喜乐气氛中开始。

且不说扬中的民风民情给我的新鲜感受,光是豆豆和家人对我们的热忱款待,就足以令我回味至今。而这些感触,总结来说,可称为二叹、二惊。一叹扬中人之灵巧善良;二叹扬中人生活的富足幸福。这感叹可从扬中人的神情和语态中得来:不用往大处说,单看扬中市井里的小商小贩,他们待人皆彬彬有礼、笑语盈盈,自有一种"亲"在其中,好像世人皆亲人。别小看这种待人之"亲",它滋生于自信、自尊,滋生于对一切游刃有余的把握,滋生于对生活的热爱。由此我知道,扬中是一座幸福之岛。二惊,一是在听说扬中无小偷时的惊讶——原来如今还有民风如此淳朴、善良的地方;另外一惊,则与河豚有关。

记得古诗词中有用西施来比附河豚,小时读诗词,我已经对河豚很好奇——河豚的口感该算人间一流;不然,风流倜傥的文人雅士怎么会通过品尝河豚联想到闭月羞花的西施呢?河豚的毒性,非但没有减损它的魅力,反而如同维纳斯的断臂,让人更加浮想联翩,向往不已。豆豆当然也曾说起河豚,她说扬中有句古话叫"拼死吃河豚",这更增加了我对河豚的垂涎。所以,当豆豆的爸爸说要带我们品尝河豚时,我心里一阵惊喜——以往古诗词中的河豚要"蹦"出来,来到我面前了!

这天晚上,大家围坐着等待河豚上桌,我们一边品味各种江鲜美食,一边听豆豆的舅舅讲述河豚文化。我们这才知道,河豚要经过两个小时以上的加工,才能"上得厅堂"供人品味,并且只有一些经过认定的厨师才有资格操刀烹制河豚,这些河豚厨师个个都是深谙民俗文化的艺术家,他们将烹饪河豚当作一门独特的艺术来对待。我不禁感叹,原来吃河豚不仅是图口腹之快,更是一种艺术享受。经过一段小小的等待,河豚终于"千呼万唤始出来"了!

我们吃到的河豚的做法很特别,厨师将河豚的皮肉分离,浓浓的汤汁裹着鱼肉,既入味又便于食用。河豚肉又鲜又嫩,入口即化,且化而不散,怪不得古人会由此联想到西施柔若凝脂的肌肤,连我都要感叹河豚天赐的肌理了。河豚的皮很厚,上面布满了小刺,入口后,滑滑嫩嫩,那口感至今仍仿佛在我口中。不用我说,如果你自己看看河豚缠绵浓郁的汤汁,就知道它的营养价值绝非一般。豆豆的舅舅还告诉我们,河豚能治疗胃病,只要每年吃上两条河豚,老胃病都能得到很好的疗养。怪不得古人说:"食得

一口河豚肉，从此不闻天下鱼。"无论从口感，还是从营养价值来看，其他鱼种确实不能与河豚相提并论。吃完了河豚皮和河豚肉，大家仍意犹未尽，在舅舅的指导下，我们将汤汁拌入米饭之中，做成"河豚捞饭"，要知道河豚汤汁中饱含氨基酸和胶原蛋白，是健身美容的珍品，可不能浪费啊！

　　我们几位大学同窗来自全国各地，奇妙的缘分将陌生少年变成了好友，那些原本陌生的地方因此便有了温度。如果不是认识豆豆，我可能不会有机会来扬中；如果不是来到扬中，我也许就错过了河豚的美味。只因一缘起、一念生，就这么遇到了，这难道不是最好的相遇吗？河豚味美，这美与河豚相关，更与情谊相关。

　　缘来是河豚。

东坡妃

吴润生

东海龙王特别爱美，一个偶然的机会，巧遇清纯、纯朴的鲀鱼，决意纳入后宫，遭到鲨鱼王后的极力反对："大王，鲀鱼出身卑微，岂能入宫为妃？"龙王反诘："小家碧玉更加可爱可亲，哪像你大鲨鱼这样蛮横霸道！"鲨鱼王后阻拦不住，龙王很快将鲀鱼纳入后宫。新妃子清纯、纯朴、纯洁的品性深得龙王怜爱，被册封为贵妃，不久生下一女，起名河豚。

河豚公主从小受父王与母后的宠爱，越长越"娇"美，越长越"骄"矜，娇美加骄矜，被誉为大海中的"绝代双骄"。不用说一笑一颦，即便生气时，身体鼓成圆球状，也显得更加性感、更加可爱，酷似人世间的"野蛮女友"。大海中千千万万虾兵蟹将向她求婚，没有一个中她的意，父王与母后看中的，她也不屑一顾。为了寻求酷哥作驸马，她决意逆流而上，入长江请江神做媒，挑选俊男为偶，来个千年爱一回。公主不辞而别，鲀贵妃嗔怪龙王："都是你把她宠坏了！"

那时的龙王宫与江神府在扬子江中门对门，河豚刚刚跨出海门，江神已经在江门前迎接："公主恕罪，小神有失远迎。不知公主来江中有何贵干？"河豚公主朗声回答："选才郎，配才郎，轰轰烈烈爱一场！"江神问："公主选驸马的条件想必很高吧?"河豚道:"那还用问吗？因为东海里没有一个中意的,才入长江来挑选。"江神求教:"请公主明示具体条件。"河豚早有准备,一口气报出五条:"一要名士,二要才子,三要帅哥,四要情种,五要忠心,一条都不能少!"江神惊讶得直伸舌头:"乖乖!五条!真是高标准、严要求!我这江中的鱼虾不用说五条,一条都沾不上边。即便人间,恐怕也只有一个人够得上标准了。"河豚迫不及待地问:"谁?"江神道:"只有一位苏东坡,堪称大名士、大才子、大帅哥、大情种、大忠臣。小神这么以为,还不知能不能入公主的慧眼!"河豚道:"等我亲眼看过再说吧。"

1070 年,苏轼从开封赴任杭州通判,途经镇江金山寺,时年 36 岁。这一晚登上金山顶观赏江海夜色。江神给河豚公主点亮神灯,照亮金山之巅,供河豚观看苏东坡。神灯上上下下、前前后后、左左右右把金山照得透亮,让河豚公主把苏东坡看个遍,看个透——河豚公主深表满意。

男欢女爱,毕竟不能一厢情愿,江神又担心苏东坡看不中河豚公主。河豚笑道:"这你就是小家子气了。以公主我的言行举止,包他一见钟情,爱不释手,终生不忘!"

苏东坡是凡人俗眼,看见江上情景,不知是江神点灯给河豚公主选才郎,心中不免有点怯惧,转身下山回到妙高台寝室,铺纸握笔,写下一首《游金山》诗,记述刚刚看到的江上情景:"是时江月初生魄,二更月落天深黑。江心似有炬火明,飞焰照山栖鸟惊。怅然归卧心莫识,非鬼非人竟何物?"

恍惚之中,看见一仙翁领来一位仙女——仙女穿一条近乎透明的水红色长裙,全身的肤色洁白如脂,樱桃小口,纤纤玉手,高贵而优雅,美艳而性感。苏东坡见过人间的美女千千万,这梦中的"绝代双骄"还是头一回见,真是一见钟情,终生难忘!

第二天清晨,有条小渔船靠上金山水岸,一个渔翁提着鱼篓下船登岸,直抵苏东坡的寝室,对刚刚起床的苏东坡说:"请苏大人尝鲜。"便将鱼篓递过去,苏东坡俯身一看,篓中是一条形貌优美无比的鲜鱼。抬头看鱼翁,很像昨夜梦中的仙翁;再低头看鱼篓,里面一忽儿是鲜鱼,一忽儿是梦中的仙女,耳畔响起如琴的话音:"小女子是东海龙宫的河豚公主,有幸与苏大人相识相爱,从此难舍难分。苏大人若有情有义,每年春天,万物春心萌动之时,金山东面不远的扬子江中,有一块风水宝地,小女子便在那里与苏大人亲密接触,恩爱温存!"

转眼之间,渔翁不见了,鱼篓也不见了,只见一盘美味佳肴。苏东坡迫不及待地饮酒品尝。那鲜美滋味只能意会,不能言传,他忍不住吟出两句妙诗:"此味只应天宫有,人间难得一回尝!"

从此,每年春天,苏轼都要到润州(镇江的古称)来与河豚公主"亲密接触",赏美尝鲜。河豚公主是个孝女,一年中只有春天到扬子江中来与夫婿团聚,享受自己的幸福生活,夏、秋、冬三季要回娘家,孝敬父王与母后。这样,苏东坡觉得与河豚公主相亲相爱的时日太少,太不解馋,太不过瘾。苏东坡想,能否设法与河豚公主形影不离呢?可否按河豚的鲜美之味制作出新的菜肴,替代河豚,每日品尝,以解相思之苦?在常州为官时,他以猪肉为主要原料创制了一道菜。平心而论,味道是不错的,后人称之为"东坡肉",但苏东坡自己一点儿也不满意,认为实在与河豚的鲜美相差太远太远了。可能是原料不对吧?在杭州为官时,他又用西湖的大鲤鱼作主要原料,创制了一道清蒸大鲤鱼,虽然后人赞为"东坡鱼",但苏轼还是摇头:"岂能与河豚媲美?无法消解相思之苦也!"

1085年春天,年过五旬的苏东坡身处开封,不能来润州与河豚"亲密接触",竟然患了"相思病",满怀惆怅:河豚公主年年春天要从大海逆流而上,到扬子江中的风水宝地与我相会,我们每一次"亲密接触",都是不亦乐乎!今年她见不到我,怎么办呢?岂不愧对她的这片痴情?

开封城里有座著名的寺庙,庙里有个善画的和尚惠崇,绘了一幅《春江晓景图》,请游寺的苏东坡题诗,苏东坡面对画上景物,挥笔写下三句:竹外桃花三两枝,春江水暖鸭先知。蒌蒿满地芦芽短……画面上的景物吟完了,再写什么呢?这时,一个穿着透明的水红长裙、雪白如脂的身影款款而来,樱桃小口莺莺而语:"苏大人,我已经来到扬子江中,你今年因何失约了?"处在幻觉中的苏东坡口中喃喃:"不失约,不失约,决不失约!"笔下很快写出题画诗的最后一句:"正是河豚欲上时!"

惠崇奇怪地问:"苏大人,贫僧图画上并无河豚之物,大人题诗何来'正是河豚欲上时'?是否要贫僧添画几条河豚?"

苏东坡嗔怪道:"你们这些个和尚,岂懂男女之情?岂懂相思之苦?"

惠崇更为惊讶:"大人与河豚充其量不过人鱼之情,何来男女之情?相

思之苦又从何谈起？"

苏东坡不屑道："对你讲这些，等于对牛弹琴！你们和尚岂知，若把河豚比女子，赏美尝鲜总相宜！"

扬中河豚从此赢得人间美誉——"东坡妃"。常州有"东坡肉"，杭州有"东坡鱼"，远不及扬中"东坡妃"——甲天下，冠全球！

河豚之鲜，天下第一鲜

凌鼎年

在一次关于发展旅游、振兴经济的座谈会上，我曾戏言：文化搭台，经济唱戏，这个节、那个节，不如干脆搞个"河豚节"，保证影响大、效益好。因为生活水平逐渐提高后，老饕们早已不再满足于八大盘十大炒了，"鸡鸭鱼肉撤下去，乌龟王八端上来"也是前几年的老皇历了，如今唯有吃阳澄湖大闸蟹、长江河豚等还能吊起"美食家"们的胃口。

一说到河豚，大部分人的第一反应是河豚味鲜，河豚有毒，要尝河豚，得有拼得一死的思想准备。其实，多数人对河豚的认识仅此而已。

关于河豚，晋代著名文学家左思在他脍炙人口的《吴都赋》里就有描写。河豚美食在唐代已传入宫廷，有史料证明，唐玄宗给宰相李林甫赐过河豚。笔者曾见过明代宫廷关于河豚宴的记载，清代诗人周芝良还有过这样的诗句："值那一死西施乳，当日坡仙要殉身。"清代康熙年间吴江人钮琇，在其《觚剩》里这样描述："味之圣者，有水族之河豚，有林族之荔枝，有山族之玉面狸。河豚于桃苏春涨时，盛鬻于吴（今江南）市，偶中其毒，或至杀人……"这位名叫钮琇的美食家把河豚、荔枝、果子狸奉为味中之圣，且把河豚置于三味之首，可见品尝河豚即便在清代初年也是一种难得的

口福。

河豚，古称"鲐"或"鯸鲐"，鱼纲，鲀河科鱼类的俗称。从水产学上讲，河豚属鲀形目鱼类中的一种，应该叫河鲀才对，但为什么会叫河豚呢？经查，豚的本义是小猪，那么，照字面释义，河豚岂不成了河里的小猪？这似乎相差甚远。有人认为豚、鲀同音，所以豚、鲀不分，写错了，没有叫错，其实谬也。因为古人认为河豚味美如乳猪，所以干脆称其为河豚，河豚之名源出于此。

更有意思的是，河豚另一俗称为"西施乳"，再绝色的美人，都不及西施，因为西施能以色破敌国。称河豚为"西施乳"，意指水产中再鲜再美味者，都不如河豚。这可能与苏东坡《惠崇春江晓景》中的诗句有关，其一为"蒌蒿满地芦芽短，正是河豚欲上时"；其二为"甘美远胜西子乳，吴王当日未曾知"。从中也可以知道苏东坡对河豚的偏爱程度。"拼死吃河豚"是一句大家熟知的谚语，其实出典也源于苏东坡。据宋代张耒的《明道杂志》记载：北宋元丰七年（1084年）春，苏东坡赴任江苏常州团练副使，其时恰逢河豚上市季节，他的手下知道大名鼎鼎的苏学士是位口味极刁的美食家，一般的美味佳肴引不起他的兴趣。咋办呢？有人出点子，唯有冒点风险请苏东坡尝一尝河豚。但河豚有毒，万一吃出事来，那就不好交代了。因此，把河豚送到苏东坡的饭桌上后，是福是祸谁的心里也没底，在苏东坡品尝时，手下们都躲在屏风后面偷看，一个个提心吊胆，唯恐出事。不料苏东坡吃后，竟说道："据其味，真是值那一死。"专家对此有两种解法：其一，要尝这样的美味，得有不怕死的勇气；其二，如此美味，就算被毒死也值得了。后世据此就演化成"拼死吃河豚"一说。宋代孙奕所撰的《示儿编》中亦有类似说法。

可能因为苏东坡等大腕名流极力赞美和推崇河豚，致使河豚的身价渐高，竟至被誉为"菜中皇后"、"鱼中之王"。我国甚至有古谚云："不食河豚，焉知鱼味；食了河豚，百味无味。"这也就是食客们为什么要拼死吃河豚的缘由了。

自古以来，吃河豚成了一种美食诱惑，河豚成了一种考验人胆气的美味。

明代李时珍的《本草纲目》中对河豚有明确记载。释名：鯸鲐、吹肚鱼、气泡鱼。豚,言其味美也。集解:腹白,背有赤道如印,目能开合。触物即嗔怒,腹胀如气球浮起。气味:甘、温、无毒。主治:补虚,去湿气,理腰脚,去痔疾,杀虫,伏硇砂。肚及子(气味)有大毒。主治:疗癣虫疮。用子同蜈蚣烧研,香油调,擦之。可见李时珍《本草纲目》早已言之凿凿地指出河豚"肚及子等有大毒"。此外,唐代段成式在《酉阳杂俎》中则说:"物无不堪食,唯在火候,善均五味。"看来关键在于如何烹饪。

河豚,中国人喜欢吃,外国人也喜欢吃,据说在古埃及法老的墓碑上就刻有河豚的象形文字。在韩国,河豚也被视为一种美味,据说河豚汤即为韩国釜山美食的代表。日本吃河豚的风气比中国更甚,据说在新石器时代的日本古墓中就常常会发现河豚骨。也有专家考证,大约在唐玄宗李隆基的年代,日本有个叫空海的和尚来中国取经,回国时,把中国的美味河豚带到了日本,算起来已有1 300年的历史了。不知哪个说法更接近事实。

在日本有不少专门的河豚料理店,掌厨者要持证上岗。据了解,明中叶以后,日本的东京、京都、九州、下关等地就都开设有河豚料理店。日本海附近有25种河豚生长,其中能食用的有虎豚、真河豚、彼岸河豚等。因为吃河豚难免会死人,所以大约在一百多年前,日本也曾一度禁止食用河豚,但终因皇室成员喜食河豚,后来也就开禁了,但开禁并不等于放任,而是加强考核与管理。笔者曾见到过一份资料,在日本,仅东京就有1 500多家经营河豚的餐馆,领取烹饪河豚许可证的厨师多达5 000多名。

据说,日本人考领烹饪河豚的证书还有一套很规范的制度,其中最绝的是:笔试、口试、烹饪操作都通过后,厨师须自己宰杀后烧一条河豚,然后当着考官的面将鱼整条吃下,才算正式通过。这可不是开玩笑的,想开后门或南郭先生式的人自然心虚手软,不敢食之,这样就自然被淘汰了。此方法确乎科学,我们亦可效法一试。

日本人最喜吃生鱼片,河豚也有生吃的,还有涮火锅吃河豚生鱼片的,中国人对此可能不太习惯,敢吃的人估计不多。

日本人吃河豚竟吃出瘾来,吃出花样来,以至于推出所谓的"河豚宴"。宴中有:河豚鳍泡清酒、凉拌河豚皮、生食河豚鱼片、烤豚白、炸豚盔、河豚鱼头火锅、河豚鱼片煲饭等。

在日本,还有每年祭祀河豚的风俗,日本人将河豚称之为福鱼,对其顶

礼膜拜,已演化为河豚文化。

有一种说法,日本人的体质之所以强健,与多食河豚有很大关系。这种说法已得到科学证实,因为河豚的营养实在太丰富了。江苏太仓历史上就建有"百岁人瑞坊"牌楼,有长寿的传统。2010年,太仓又被评为中国富裕型长寿之乡。太仓人为什么会长寿? 可能与太仓人经常吃河豚不无关系。

我国虽无专门机构考核烹饪河豚的厨师,但有些常年烧制河豚的师傅积累了丰富的经验。据说,烹饪河豚要领有五:一要看品种,不是所有的河豚都能食用,就像蘑菇中有毒蘑菇一样,河豚中也有绝对不能食用的剧毒品种;二要特别注意性成熟期的河豚,此时的河豚毒性比平时要大数倍;三要洗得干净,河豚的血、子、筋络等要洗净,肝要另外处理;四要烧透,火候特别重要,如烹饪时间不足,很容易造成中毒;五是按不成文的规矩,河豚上桌前,掌厨的或监制的须先尝一块,以防万一。

当然,民间尚有多种烹制河豚的方法。有一种乡土大灶烧法是:铁锅里放菜苋,把整条河豚用竹签子钉在木锅盖上,等到河豚肉烧得掉到菜苋上,鱼骨架留在锅盖上,就保证毒性已无,可放心食用了。

河豚到底哪个部位最好吃? 对此各人各说,比较权威的一种说法是:一肝、二白、三皮、四菜、五汤、六肉。意思是河豚肝第一鲜美;鱼白次之;鱼皮第三,河豚皮上有小毛刺,所以要反卷过来食之,民间相传河豚皮能养胃,治胃病;作为河豚衬菜的菜苋、金花菜等排第四,大概这些菜把河豚鲜味都吸了进去;河豚汤第五;河豚肉居于最末。这当然只是一家之言。以我看,河豚汤泡新米饭,那简直是天下第一饭,但汤的量要多,那就鲜得百味无味,用地方土话来讲,真是吃了打耳光也不放啊!

河豚味虽鲜美,但民间通常不随便请人吃河豚。早先沿长江一带的饭店有出售河豚的,店家烧了放在玻璃柜台里,食客指碗点菜,买卖双方不说"河豚"二字,心照不宣而已。意为:是你要吃的,不是我请你吃的,吃出问题,食客自己负责。

河豚因其味美但有毒的特殊性,曾多次进入文学作品,笔者就写过《河豚王》等多篇有关河豚的短篇小说、小小说。当然,比较有名的是王任叔写过的一篇小小说《河豚子》,曾被收入海内外许多小小说、微型小说的选本。

笔者第一次吃河豚是在扬中，大概在 20 世纪 90 年代，有一次参加在扬州举办的一个文学活动，文友杨祥生邀请我们顺道去扬中，那时他任扬中市委组织部副部长，好像兼任扬中市文联副主席，由于他曾担任过乡镇党委书记，就带我们去了江边的一个乡镇。那家店条件极简陋，烧好的河豚盛在一个脸盆里，同去的几位作家都是只听说过河豚，并没有品尝过，只知其鲜其毒，其他就不甚了解了。我生活的太仓的小镇也有河豚，但我同样没有吃过，第一筷、第一口真的有点战战兢兢，而且吃下去没几分钟我就感觉舌头有点发麻，不知是我的心理作用，还是河豚确实刺激了我的味蕾，当时心里真的有几分紧张，但我看在座的其他人都没说啥，我也装好汉不做声。不过平心而论，河豚确实鲜美无比。

　　后来，我有多次吃河豚的机会，但再也没有吃到过像扬中那次那样的美味河豚。因为扬中那次吃的是地地道道的野生河豚，又是平生第一次品尝，故而扬中吃河豚永远留在了我记忆里，想忘也难。

烟花三月会河豚

黄阔登

老话曰：人生憾事，刀鱼多刺。少刺而又味鲜的鱼的确不多见，要说有，首先得数河豚了。

河豚肉洁白如霜，滑腻似脂，滋味腴美，从古到今都是食客们趋之若鹜的佳肴珍品，历代文人墨客对河豚更是不乏颂赞之作。

"竹外桃花三两枝，春江水暖鸭先知。蒌蒿满地芦芽短，正是河豚欲上时。"苏东坡这首《惠崇春江晚景》，当然是最著名的河豚"广告"了。明代大文豪徐渭也写有一首《河豚》诗："万事随评品，诸鳞属并兼。惟应西子乳，臣妾百无盐。"称赞河豚味之鲜美的诗文还有很多，这里不一一赘述。

清人钮琇所著《觚剩》一书记载："味之圣者，有水族之河豚，有林族之荔枝，有山族之玉面狸。河豚于桃苏春涨时，盛鬻于吴市，偶中其毒，或至杀人；荔枝初擘绛囊，状若晶丸，液玉染指，啖之甘芳溢口；玉面狸以果为粮，至秋乃肥，面裹蒸食，脂凝无渗。"书中将河豚、荔枝、果子狸列为味中之圣。然而，作为上品佳肴的河豚，却同时包含可致命的毒素，"偶中其毒，或至杀人"。《本草纲目》中对此也有记载：河豚"味虽珍美，修之失法，食之杀人"。

其实，人们早已认识到河豚有毒，食之可能会发生危险，以后还逐渐认识到河豚的毒素主要分布在血、肝、子和眼睛等处，同时知道河豚中毒后的临床症状和一些应对之法。比如，早在汉代，张仲景《金匮要略》中就有解河豚之毒的办法："芦根煮汁，服之即解"。

说来，这河豚真可以称得上是"一半是天使，一半是魔鬼"的东西了。

河豚毕竟是难得的美味，只要处理得当，是可以安全享其鲜美的。

无论古今，处理、烹饪河豚的讲究，全在"细心"二字上。《宋氏养生部》说制作河豚要去掉鱼眼、鱼子、鱼鳍、鱼血等。《三风十衍记》记载的清代河豚制法更加详细："河豚数只割去眼，抉出腹中之子，刳其脊血，洗净，用银簪脚细剔肪上血丝尽净，封其肉，取皮全具。置沸汤煮熟，取出，纳之木板上，用镊细钳其芒刺，无遗留。然后切皮作方块，猪油炒之，入锅烹之。启镬时，必张盖其上，蔽烟尘也。用纸丁蘸汁燃之则熟，否则未熟。每烹必多，每食必尽，则卒无害。"所述烹杀河豚的方法，其小心谨慎不亚于一场程序严苛的外科手术。直至现在，烹制河豚的方法也没有大的变化，当然，厨师的小心程度比书中所言有过之而无不及。

所以，只要讲求方法，懂得修治，河豚这种食材是完全可以避凶趋吉、食其膏腴的。现代文学大师汪曾祺先生曾有妙喻："河豚之毒在肝脏、生殖腺和血，这些可以小心地去掉。这种办法有例可援，'洁本《金瓶梅》'是也。"

我曾想，即使河豚当真如此味美，但"拼死吃河豚"实在太不值了吧。等我有机会实实在在品味了一回河豚菜式，才解开了心存多年的谜团。

阳春三月，扬中的河豚味最美。那回，我食之正当时。

那天，上菜前，在座的当地友人饶有兴致地说起古时扬中人吃河豚的规矩：一般不拿河豚请客，吃河豚一般都是朋友相约，每个人在吃前放一枚铜板在面前的桌上，表示出自自愿，任何后果自负。我们这边有人小声道："要不我们也各自摸出一个硬币表示表示？""不用啦！"两个扬中朋友异口同声道。大家哄堂大笑。

河豚上桌。那是一道河豚砂锅煲，用河豚与秧草共同煲制。友人老卢介绍说，秧草与河豚可是一对绝配食材，豚肉油脂丰厚，大火煮烧入味，会沁出浓稠的汁水。秧草煸炒后伴河豚同煮，脆嫩的秧草恰能吸收豚汁，以

微苦解腻，以清爽融鲜。原来是这般道理。

我再细看那煲，其内好像没有其他什么配料了。老卢瞧出我的心思，解释说：河豚本身就很鲜美，烹饪手法越简单越好，欲求其真味，必须"单"、"纯"、"简"，配料太复杂，就破坏了食材的本味，反而不美。我点头称是。

热情的朋友将盛好的一碗带着皮的河豚肉放在我面前。以前没吃过河豚，听吃过的人说得绘声绘色，心里总是有几分羡慕、几分向往，如今美食当前，心中又陡然升起几分紧张。

闻着空气里弥漫的诱人香气，虽说是口舌生津，内心还是有些挣扎的，迟迟未动筷。老卢在一旁鼓劲儿道："老黄，没事，没事，就先吃这皮，这东西非常养胃的。"我夹起一块一面黑一面白的肥厚河豚皮入嘴，嚼了几下，不料嚼出了满嘴的刺，吞也不是，不吞也不是，最后碍着众人的面子，只得强咽了下去。友人瞧出我的尴尬，忙说："怪我，都怪我，我没说清楚。"原来吃河豚皮也有诀窍：把黑色的带刺外层反卷在白色的内层里面，稍嚼两下就赶紧往肚里吞，这样就不会吃得满口刺了。据说这样吃下去就像给胃穿了一件衣服，可以起到养胃的作用。我按法吃之，只觉那河豚皮胶质浓厚，食之黏口，给人的味觉美感远胜于甲鱼的裙边和海参，真不错。再喝一匙浓浓的奶白的汤，只觉那汤如牛奶般丝滑爽口，小小一口，鲜味立即盈满口舌；再一口，含在嘴里许久舍不得咽下。现在想想还直泛口水呢！再瞧那河豚肉，肉色玉白，夹起，白皙丰腴的豚肉在筷子上颤动，嫩似豆腐，入口，哇！那肥嫩的口感彻底征服了我的味蕾，让人欲罢不能。人家形容美味，是说它能"让味蕾在舌尖舞蹈"，可我想说这河豚肉之味足以"让味蕾在舌尖上美得完全忘记了跳舞"——已被征服得妥妥帖帖。"今朝不食河豚肉，平生枉来世上走"，抑或是"拼死吃河豚"，对这些话我算是深有体悟了。

河豚煲里煮得有些泛黄的秧草，吸满了鲜香，食之可口异常。当日运气亦佳，煲里的是雄河豚，吃到了难得的"西施乳"。那娇小的"西施乳"，香嫩、甜糯，让人绝不忍心以牙舌粗暴对待之，否则就成了暴殄天物。得用筷轻轻地将其夹起，再用舌尖和嘴唇慢慢地舔、抿，让它渐渐化解……果真是入口即化、美妙绝伦，这"西施乳"，名副其实。

边吃边聊。另一位当地友人老周介绍说，人们的确一般不用河豚待客，当然也有家里办席用上河豚的。如果有人家用河豚招待客人，为安全

起见,河豚烧好后,厨师先尝一口,过十多分钟,一切太平,菜方可上桌。河豚上了桌,主人只是自己埋头先吃,也不招呼客人。客人吃不吃,全凭自己意愿,主人并不相劝。

我知道,主人和厨师先吃,其实就是验毒,这是用生命在款待客人啊!这美味的背后,是主、厨的一番真诚心意,想想真让人感动!

"当然,那是以前,现在没必要了。"老周继续说道。原来当地已成功地大面积养殖无毒河豚。较之野生河豚,人工养殖的河豚毒性已大大降低,甚至无毒了,可以说河豚已改头换面变成安全的了。加之扬中民间食用河豚历史悠久,大小店家已经积累了烹饪河豚的丰富经验,且有一整套成熟的烹饪技术,大伙儿不会再有"拼死吃河豚"的后顾之忧了。

主客吃着、聊着,相当尽兴。这时,餐厅的电视正在播放一个当地节目,介绍当地的河豚产业:"如今,无毒安全的河豚摆上了餐桌,小小河豚撬起的可是造福一方的大产业,源远流长的河豚文化在它的故乡更加深入人心……"

好呀,这河豚"一半是天使,一半是魔鬼"的历史总算终结了,真正像天使一般福泽一方了。

想那汪曾祺先生在谈论河豚时,虽有经典的"洁本"之说,不过他却没真正吃过河豚。年轻时代,他在江南生活,曾多次有同学邀他到家里吃河豚,并保证不会出问题,但他最终都未赴约。直至晚年,他才后悔当初拒绝了诱惑,引此为憾事。

烟花三月下扬中,扬中河豚甲天下,如果是现在,汪先生也不会为河豚有毒而迟疑不敢轻易尝鲜从而留下遗憾了。倘若他还健在,能来扬中——把"洁本《金瓶梅》"运用得最好的地方——吃上一回河豚,写出一篇"邂逅扬中河豚记",鲜美之味定会直透纸背,岂不妙哉!

陈晖

闲说"拼死吃河豚"

陈　晖

　　有一种食物,人们明知道其有毒,吃下去可能会有性命之虞,却仍然想去品尝,这种食物就是河豚。

　　河豚,其貌不扬,有鳍,身体呈圆筒形,能吸气膨胀。春季,它们从大海游向长江产卵,多活动于南通至镇江扬中段。此时的河豚,肉嫩味鲜,肝脏、生殖腺、子、血液、眼珠等处均含有剧毒,过去几乎每年都有因食用不当致死的悲剧发生。尽管如此,食客们仍然趋之若鹜。

　　用生命作赌注,只为一饱口福,可见河豚之魅力。"拼死吃河豚",虽说是一句俗语,却向世人透露出这样的信息:河豚有毒,稍有疏忽就会命归西天;河豚味美,不吃会后悔一辈子;吃河豚需要的是勇气,吃与不吃全在于你自己。

　　世间美食,本供消遣果腹,却吃出这样的悲壮姿态,确实罕见,难怪食之者津津乐道,未食者耿耿于怀。汪曾祺先生在《四方美食》中说:"我在江阴读书两年,竟未吃过河豚,至今引为憾事。"这位散文大家吃遍天下美食,唯独对河豚敬而远之,同学几次邀请都被他婉拒。我想,这很可能与河豚的毒有关吧。

　　与其相比,宋代的苏轼就潇洒了许多。他写过《惠崇春江晓景》诗:"竹外桃花三两枝,春江水暖鸭先知。蒌蒿满地芦芽短,正是河豚欲上时。"在诗人眼中,江南早春美景比比皆是,但这都是为河豚作铺垫的。这些蒌蒿、芦芽,本就是烹调河豚的绝好佐料。清代王士祯的《渔洋诗话》云:"坡诗'蒌蒿满地芦芽短,正是河豚欲上时',非但风韵之妙,盖河豚食蒿芦则肥,亦如梅圣俞之'春洲生荻芽,春岸飞杨花',无一字泛设也。"宋代诗人梅尧臣曾作"春洲生荻芽,春岸飞杨花。河豚当是时,贵不数鱼虾"之诗句。但梅氏与苏氏相比,虽然诗作也美,胆子却小了许多,苏轼可"举箸大嚼"河豚,梅尧臣则"退之来潮阳",看来也是只闻其香,不识其味了。

但文人终究风雅。河豚虽然事关性命,毕竟味美,在他们眼中,却与大好春色同在,入诗入画,给人以无限遐想。梅尧臣不食河豚,但其诗作流传至今,无形中成了绝妙的广告。苏轼钟情河豚,品尝后曾有"食河豚而百味无"和"据其味,值那一死"的感叹。正因为如此,他才会提笔说河豚时,一幅悠然自得的神情。春江水暖,赏心悦目;河豚上市,浮想联翩,至于吃与不吃又显得不重要了,这与谈豚色变而退避三舍的食客和闻豚而垂涎欲滴的老饕们相比,境界何止高出一个台阶啊!

同是食用河豚,春秋时的吴王夫差就豪爽得多,他对河豚推崇之至,将河豚与美女西施相比,将河豚肝称之为"西施肝",将河豚精巢称之为"西施乳",语出惊人。在他看来,如此美味,让人销魂,只有倾国倾城的西子可以与之媲美了。他可能没有想过,这样的叫法,听起来确实不雅,且有意淫之嫌,实在是太对不起西施了。我想,这样的称呼只能供他一人使用,如果真有人禁不住要吃"西施乳",估计这个人离死期也不远了。

但要论到胆大,还是要算日本人。日本人对河豚的喜爱不亚于国人,每年3月份日本都要举行祭祀河豚的仪式。他们吃河豚的花样更多,有河豚鳍泡清酒、河豚刺身、酥炸河豚、河豚火锅、河豚杂烩等。还有一种吃法叫作"菊盛",其实就是生吃河豚,先将河豚切成薄薄的切片,形如菊瓣,再放入盘中由外向内叠成菊花状,吃的时候,用筷子一层一层由外向里夹起——宛如菊花开放的过程——醮着佐料吃。河豚的血有剧毒,薄薄的鱼片看上去红润透明,但若没有勇气是难以下筷的。日本人喜欢做表面文章,动辄摆什么"道",看起来彬彬有礼,但下起手来,比谁都狠。从吃河豚就可看出日本人的特性。

我吃过数次河豚,每次食前,家人多有不放心,再三叮咛要小心。我是

陈
晖

这样想的：一来现在的河豚虽然养殖为多，但价值仍然不菲，这样的宴请，对我来说，也算是盛宴了，不去有点不识好歹。二来现在烹制河豚的水平明显高于以往，掌勺厨师都是经过培训持证上岗的，如果将不能食用的地方除掉，再洗净了，就没有大问题。况且上桌之前，都由厨师先尝，确无问题之后，才端上来供客人食用，如果这样还不放心，就有些小人之心了。对于那些察言观色、等别人先下筷的人，我是看不起的。三来心里还有一种劣民心理，就是别人吃得，我也吃得；别人不怕死，我为什么怕死？先吃了再说，这时就有点厚脸皮了。

我长在长江边，对各式江鲜品尝甚多，河豚确实味美，一般鱼类不能望其项背。"长江三鲜"之中的鲥鱼如今已难寻踪影，我没有口福；刀鱼肉细，但刺多；只有河豚味鲜而少刺。吃河豚，最好是在3月份，这时的河豚体肥肉嫩，味道最好；到了4月，河豚产卵，毒性最大。镇江扬中为中国河豚岛，每年春天都要举办河豚美食节，一年大概可以吃掉1 000吨河豚，河豚美味对人们的吸引力由此可见一斑。

吃河豚，可白烧，也可红烧，再用河豚汤下面条，典型的"一鱼两吃"。白汁河豚，一般要煮两个小时左右，汤呈乳白色，香浓扑鼻，配以时鲜秧草和芦笋，未动筷已有食欲。河豚肉紧且嫩滑，没有任何腥味，口感特爽；皮有刺，需反裹起来整咽，对治疗胃病有帮助；而那精巢，白似凝雪，柔软如脂，入口即化，滋味独特，真正叫人欲罢不能。我每次吃时，都会风卷残云般连肉带汁消灭个干净，也算是为建设节约型社会作些贡献吧。

生命是宝贵的。河豚毕竟有毒，食之还是要小心，到正规饭店为好，不要逞一时之勇，图一时之快。对生活，我崇尚顺其自然，不喜欢追求刺激。听说现在有些地方推出一种吃法，即在杀河豚时，故意留些毒素在河豚体内，让食客吃时，口中微微发麻，再严重些，还有些眩晕，甚至使大脑暂时缺氧，这样便可体会到所谓欲仙欲死的感觉。我想，这样的吃法，才是真正的"拼死"，有些"玩火"的味道，刺激是刺激，如果配合和把握不好，非但没有享受到快感，反而丢了性命，这个亏就吃大了。

河豚夫人的故事

蔡庆来

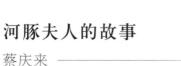

（民间故事）

一

风中,传来低沉而缥缈的浅吟低唱和若隐若现的几声木鱼声。在长江中一座叫扬中的岛上,远望江畔的信矶,站着一位缁衣赤足的僧人,深秋的凉风吹拂着这位僧人的僧衣。

传说岛上的僧人到矶石上敲木鱼,江中便有大批的鼋应声而出,所以此石又称戏鼋石。这位僧人就是岛上东岳庙的宝印禅师。

鱼龙互闪烁,黑浪高于天。望着夜空与江岛慢慢融成一体,宝印长叹一口气。

不知为什么,一向平静的江水最近总是无缘无故地翻滚。江中洄流汹涌,很多往来船只突遇风浪,船毁人亡。来烧香拜佛的香客无法登上扬中岛,过往的船只无法在江中停留。

宝印低头踱步,不知不觉走到江边渔村的观音禅庵,庵堂前香火缭绕,

庵中供奉的是观音菩萨。扬中岛的居民原都是来自大江南北的移民，多因生活困苦，来此江中沙滩垦荒谋生，所谓"穷奔沙滩富奔城"。岛上信奉观音菩萨的善男信女非常多，很多年来都是风调雨顺。此庵虽不大，但香火旺盛。庵中供奉着一尊脚踏鳌鱼、左手持净瓶、神态慈祥的汉白玉观音像。宝印合掌拜下，闭目虔心祷告。

宝印走出观音禅庵，在路边阶前，有一位老妇人喊住了他。老妇人问："看你愁眉不展，是不是有什么难事？"

宝印将江中风浪翻腾的事述说了一遍，老妇人沉吟片刻，从袖子里取出一支如筷子长的香递给他，说："点燃灵香，能解江中之忧。"并向着天空一指，说："快看！"

夜空中只有黑压压的云层，再转过头去，只见一道白光升腾飞舞，宝印知道是菩萨点化，合掌拜下，诚心感念。

回到寺庙，宝印坐在蒲团上，点燃灵香，觉得眼前一片黑暗，甚至身上的感知也被一股莫名的力量封闭了。

但很快，一丝丝光芒刺破黑暗，封闭的感觉悄然散去，只见宝印坐在一叶扁舟上，扁舟如箭一样向江中驶去，很快就到了江心。

江心的水流开始湍急，小舟周围布满漩涡。

就在这时，身后江中传来一阵巨响，一道寒风带着潮湿的气流席卷而来，宝印猛地回头，只见一道巨浪正自江心涌起，朝着小船直冲而来。

那浪头卷起足有五六丈高，分开两道水墙。"墙"面上，道道水纹起伏汹涌，卷起一片片雪白的泡沫，眨眼之间，那浪头已铺天盖地涌到小舟前。

"轰"的一声巨响，扁舟消失了，宝印的身影瞬间便被淹没。

二

江面恢复了平静，月光如水，漫洒在水面之上。宝印和扁舟神奇地在水底穿行，月光透过水流洒在他身上，隐隐现出一股神秘的银色。

沿着江中急流不断向前进，身边的过江之鲫渐渐稀少。扁舟突然被一道仿佛有几百米高的水晶墙拦住，墙上印有诡秘的符纹，在这宏伟的壁下，让人觉得渺小如同蚂蚁，那种磅礴的压迫之感震得人心头颤动。仰头张望,巨墙之巅隐见天光浮动。

小船周围开始有大团大团的鱼类簇拥而来,这些鱼光滑无鳞,头比较方扁,鱼体是点缀着小刺的黑色,只有肚腹下露出黄白色。

不一会儿,鱼群聚集在一起,互相咬住尾巴,首尾相连,一圈圈地盘踞成圆阵,不论大小,所有的鱼都层层叠叠地紧紧围在一起,远远看去,好像是个缓慢游动着的黑色雾团,将小船层层包住。

一条长达数十米的大鱼从江底最深处露出,这条巨大的鱼眼睛内陷,半露眼球,有着鲜艳的斑纹,两鳃雪白,鱼体上的白刺很长,刺上竟然挂满了小鱼,这条巨鱼一出,全部的鱼群都跟着它向着水晶墙猛冲过去。

只觉得耳边的水如流光般向身后流去,等宝印将眼睛睁开,眼前完全是另一个世界,江底之中,矗立着一座非常雄伟的都市。头上的天空似乎是厚密的水幕,一条宽阔蜿蜒的路从船前延伸出去,路面平滑如镜,直通往一座如水晶砌成的巨大宫殿。

一只巨大的老鼋爬到船前点点头,示意宝印下船。宝印移步上了鼋背,进入了这座江中府邸巨大的大厅内。

出现在宝印眼中的是一片黑暗而寂静的空间,这片空间也不知道寂静了多少岁月,殿中弥漫着一种古老而沧桑的味道。站在宏伟浩瀚的沧桑空间之中,人就宛如芥子一般。不觉间,宝印心中涌动着一种对天地自然的敬畏。

宝印举起灵香,想借助微弱的光线看清前面仿佛黑暗了万年的空间,他惊骇地发现,黑暗空间的下方,盘踞着一个庞然大物。

一条庞大得无法形容的生物,盘旋在黑暗的虚空中,纹丝不动。宝印的视线,顺着它的身体移动,然而当他的视线被远处黑暗的空间所阻挡时,却未能见到它的尽头……

"咕噜!"宝印喉咙不自觉地滚动了一下,额头上出现了丝丝冷汗,他小心翼翼地打量着那盘踞在下方的巨大生物,是龙!

这时,大殿正中蓦地闪烁出七彩流光,这道七彩流光对宝印来说,是那么绚丽夺目,以至于宝印一时为之迷眩。

当四周明亮起来,黑暗中的巨龙消失了,一位白衣青年站在面前,脸上挂着让人温暖的笑容:大师受惊了,请随我到水府花园品茶休息。

白衣青年自称是江中水府的龙君，来到水府花园，花园栽种着无数奇异的植物，但都别具特色，美丽异常，尤其是一株株奇形怪状、晶莹洁白的钟乳石，更令宝印大开眼界。不一会儿，一位气质宛如空谷幽兰的夫人出来相迎。

<h2 style="text-align:center">三</h2>

美丽的夫人对宝印作盈盈一礼：我是江中的河豚夫人，我有一个难处，想请大师帮助。

宝印点点头，河豚夫人接着说：我们水府的水族，都难以忍受岛上的钟鼎撞击之声，每当有人敲钟击鼓时，龙宫就要震动；此外，江中船渡江时，总会把脏东西扔到水中。希望以后不要这样了，我们水族一定会有答谢的。

宝印突然醒悟，数年前岛上修建寺庙，募集万金打造了一座"千里钟"，敲击巨钟，声如雷霆，可传千万里。

河豚夫人恳切地望着宝印大师，宝印点头应允。

河豚夫人面露喜色，于是给大师又作了一礼。她返回寝室，飞针走线制作僧袜，不一会儿，就只剩下最后一条缝合线了。

这时，已是黎明时分，天色蒙蒙亮，岛上寺庙的撞钟开始"嗡嗡"作响，僧人在晨课打饭钟后，早斋即将开始。

钟声传到江中，一道轰鸣猛地在宝印耳边响了起来。

钟声中，河豚夫人脸色变得苍白起来，那原本平静的眼瞳之中，此刻却被惊骇之色所占据。

江水也不安地翻滚起来，正在这时，一条银白色的刀鱼夜叉游进花园，跟龙君说了些什么，龙君站起身对宝印说："时间到了，水道快要关闭了，大师快返回陆地吧！"并交给宝印一根龙须。

河豚夫人来不及做好僧袜，用一根带子系住袜的两端，让宝印将脚套入整个布面，再用带子兜住脚。宝印觉得很合脚。

宝印急急返回扁舟上，只见巨浪翻滚，两面水墙即将合拢，扁舟如坠入巨大的漩涡，在江中激荡。

此时江面的上方是延伸到视线尽头的乌云，乌云不知有多厚，其中雷光闪动。一道道巨大的雷霆，伴着岛上寺庙的撞钟声，从乌云中张牙舞爪地呼啸而下，最后狠狠地轰泻在江面上。

河豚夫人望着在江中盘旋的扁舟，眉头紧皱，终于她飞身跃上舟头。她的皮肤下金光涌动。眨眼间，整个身体都被金光所笼罩，如同吞下空气一般，她的身体膨胀成一个多刺的巨大圆球，雷霆轰泻在圆球之上，那狂暴的力量，源源不断地侵蚀着河豚夫人的身体。

漫天雷幕，一叶扁舟，在那淡淡的金光保护下，渐行渐远……

不知过了多久，江水平静了下来，宝印缓缓睁开双眼，小船正停泊在岛屿的渡口，笼罩在江面上的层层黑云渐渐散开，一线金色的阳光从浓云中照射出来，映在美丽的小岛上，秀水青山，美丽无限。

宝印快步走向寺庙，斋堂中，将进斋饭的僧人们还没有动筷子呢。

宝印召集岛屿上的僧人和居民，对他们讲述了江中河豚夫人的故事，并告诫他们今后一定要恢复长江的宁静，禁鸣钟鼓，将"千里钟"送到江南深山的鹤林寺；并告知来往商旅，不可随意往江中排污。

扬中岛上的老人们常常喜欢穿用带子兜住脚的鞋子，这种鞋既宽松又舒适，据说也是从河豚夫人那儿传下来的。

品味扬中的河豚后，嘴里常有淡淡的麻酥酥的感觉，这可能是由于当年河豚夫人抵挡过凶猛的雷击造成的吧。

言七

河豚如是说

言 七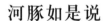

（散文诗）

一

水暖草青,茵茵江南。小洲岸生灵洄游浮沉;江心处鱼卵密密洒落。

吴地佳人撑一支长长的船竿,杨花风弄,鹅毛天剪,飘絮亲吻她的如瀑青丝,妆成星辰暗夜,恰似雪中红粉。我向她摆摆尾,她予我点点笑。

泛彼柏舟,动我心弦,从此天上人间。

风水宝地,扬子江中,我驻足此间,停留百年,等待绽放刹那娇颜。

二

花影瘦,月朦胧;暗凝眸,古渡头。

小小的河豚几多愁? 身在江河,心如海洋。耐不住那深深的思念,美丽的渔家姑娘。我挺身跃出江面,水珠星星点点,钻石般托起一颗赤子之心、一份柔软的坚决、一寸颤栗的情思。别了,宽阔的水面,鲜美的水草,永恒的自由。

　　逼仄狭小的玻璃世界,我竟别无他求,乐不思蜀。

三

　　得失难丈量,尺寸心中藏。我抛却山河,只为重新遇见你。你的目光是水,我是鱼。

　　泅水,吞吐,瞪眼,甩尾,膨胀……谁在乎可笑的滑稽和笨拙?谁让我是恋爱中的鱼?"咯咯"的笑声盈盈的笑,嫩嫩的柔荑倾城的貌,小小的河豚呆立水中,如痴如醉。你指尖轻触,手纹浅印,我冲上去亲吻,只碰得鼻青脸肿,失重翻滚;白白的肚皮硬硬的刺,受伤的我本能地鼓足胃气,穿戴盔甲,你惊呼欲抚,我却躲入卵石深处。靠近我,你会受伤,倒不如让我无数次碰壁,去靠近你。

　　虚幻的你。

　　鱼缸内外,不啻白云深渊。

四

　　你的笑靥,是我的烈日金乌,映红浅粉色的鳍,是小小河豚害羞的飞红。总有甜甜的美梦如糖似蜜,将七彩肥皂泡吹入春风,亦把诗人误。

　　最是人心难固,喜新厌旧。若要变却故人心,岂止在悲秋画扇。

　　不过玻璃缸中一样新鲜玩物,我何尝奢求了?她的爱广若大千,从来,我要的仅仅是随意的一瞥,不过是淡淡的一笑。明明日赤月白,明明春风依旧,明明心明如镜,却仍旧……

　　泪滴滑落,沉入水底,隐入无形,凄凄无人知,一任点滴到天明。

　　梦碎成饼干屑,如孩童第一次窥见残荷败柳。

五

　　她不再回来,我游在我的泪海中,失去了光明,失去了呼吸。

失了她的倩影，天堂变作监狱。

她的离开伴随着童话的终结，她的默许迎来了我的末日。我看见了我的同伴，原来这里不仅仅只有一只河豚，原来我并非只是一只观赏鱼。而我一直以为我是她的唯一……

愚蠢。人为刀俎，我为鱼肉。再思量，苦伤怀，无语凝噎，我的肥嫩鲜美才是她的欲望沟壑。原来如此，原来如此。

知晓被宰结局并不痛苦，不及知晓她身份时我的痛苦。

她是我的刽子手。

她将终结我的生命。

六

罢了，罢了。

正如雾霭为黎明驱散，幻梦难留；正如海棠因初夏花谢，红颜易逝。命运流转都无奈，来去盛衰皆有因，叹无悔。无悔刹那芳华，曾在。

我亦无悔。

曾经深爱，所求无几，纵为伊死，何悔之有？

小小河豚，沉思顿悟，恍若隔世。心不动则无伤，心妄动唯自伤。世间一切法，如梦幻泡影，如露亦如电，应作如是观。

如流星，如烟火，深夜烛光照不清血色丹心，我的女神，让我为你舞最后一曲，纵使你看不见，纵使你没有看。

七

与鱼缸中的水草纠缠撕扯；让水底的如蛋卵石搅动胃肠；向坚硬晶莹的玻璃疾速撞击；合上鱼唇，紧闭鱼鳃；全力跳跃，翻越围城；

……

一次次失败受伤，一次次痛入骨髓。我不是在垂死挣扎，我不是在越狱逃离，我不是在绝处求生。我，在自杀。

肝脏、精囊、皮肤、眼睛、血液……我有毒，微毫足以致命。

我不要她受到毒素伤害,我要在被宰之前死去。人类不吃死鱼。最后一次,让我保护你,用小小河豚的小小情意。

八

"这只河豚好生顽强,把自己弄得血肉模糊。"

一句话后,我被一只大手拿出鱼缸。

余情未了,含恨而终。

等不及一声道别,等不及一眼深情,我被一棒子敲晕,倒在砧板上。

九

没有人中毒,因为高超的烹饪技巧,因为精湛的专业厨艺;他的姑娘更没有食这鱼肉,她只是江边的捕鱼舟子;这鱼肉多经辗转,不知入了哪位美食家的口。只惊得这人神魂颠倒、欲罢不能。

今朝唇齿间,滑腻珠润;昨夜魂梦中,齿颊生香。人们惊叹神往,这只河豚怎能如斯鲜美异常,令人永生难忘! 回味:相思、哭泣,悠远怅惘。一种菜肴,生得百般愁绪,万般衷肠。

只是永远没有人会知道,曾经有多么美好的情愫孕育在这小小的身体内。

他的美妙味道来自他无人知晓的爱情。

十

暗香袭面,一场秋雨一阵寒。

淅淅沥沥,湿气氤氲衣尽沾。

春去秋又来,时光荏苒,小小河豚惹人怜。

你说他自作多情,我讲他真情如玉;你言他无知痴傻,我赞他大爱无言。

我陪将军吃河豚

艾 仁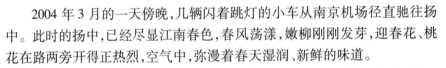

2004 年 3 月的一天傍晚,几辆闪着跳灯的小车从南京机场径直驰往扬中。此时的扬中,已经尽显江南春色,春风荡漾,嫩柳刚刚发芽,迎春花、桃花在路两旁开得正热烈,空气中,弥漫着春天湿润、新鲜的味道。

小车在一家有名的河豚馆前停下,从车上首先下来的是一位 50 岁左右的男子,他个子在一米七八左右,穿着随意简洁,一件藏青色的短风衣罩在外面,显得身材挺拔、器宇轩昂,他是解放军总部机关的一位首长,当时是中将军衔。将军率总部机关的领导到我们单位视察工作,我们安排的第一顿晚餐,就是到扬中品尝河豚。

将军下车后,环顾四周,深深地吸了一口气,高兴地说:"这里的空气真好! 春风又绿江南岸啊!"随后,将军对我们说:"我到扬中来过好几次了,这个小岛很有特色,特别是河豚烧得好!"

饭店的老板是扬中赫赫有名的河豚烹饪大师傅,他早已经在饭店门口等待,见到将军,赶紧迎上来,说:"欢迎首长光临! 今天的河豚是我亲手烧的,请首长多提宝贵意见!"原来,老板认识将军,将军曾经受邀来过扬中吃河豚,且几次来都是在这里吃的。将军握住老板的手,笑着说:"我还是三年前来的,每次来,都是你亲自动手,辛苦了!"将军如此平易近人,老板连声说:"不辛苦,不辛苦!"

那天的第一道菜是红烧河豚,第二道菜是白烧河豚。红烧河豚里放的是小小的竹笋尖,那是扬中本地产的一种燕竹笋;白烧河豚里放的是秧草,也就是三叶菜,又叫金花菜、草头。这两样配菜都是时鲜菜,而且都是南方的特产,当河豚从海里洄游至扬中段时,也正是燕竹笋和秧草上市之时。河豚与时令的燕竹笋、秧草同煮,配料十分鲜嫩,汤汁鲜美无比。

将军看到色、香、味俱佳的河豚,胃口大开,竟然把两条河豚吃得干干净净。席间,饭店老板还专门来到我们的包间,请将军对河豚味道作评价,将军只说了一句:"此味只应天上有!"说得老板眉开眼笑。

将军对河豚的偏爱,也影响了总部来的其他领导。有一位领导大概是第一次吃河豚,或许,他早就知道"拼死吃河豚"的古话,河豚端上来后,他的眼睛一直盯着碗里的河豚,却迟迟不肯动筷子。后来,即使吃了,也是小心翼翼,不像将军那样大快朵颐。

将军看在眼里,也不说话,不一会,将军把鱼吃光了,还拿着汤勺把浓浓的鱼汤喝了个精光。大家一看将军的碗,不由地笑了,碗里只剩下一堆鱼骨头。这下,那些"文雅"的领导也加快了吃鱼的节奏,特别是那个迟迟不肯动筷子的领导,边吃边咂嘴,不一会,也吃得一干二净。等到宴会结束,他还悄悄地把我拉到一旁,对我说:"怪不得首长这么喜欢吃河豚,原来这河豚果真是人间美味啊!味鲜肉嫩,是其他鱼类不能比的!"领导的夸奖和对河豚的赞美,让我又想起陪同另一位将军吃河豚的事来。

那是两年前的早春,也正是"蒌蒿满地芦芽短,正是河豚欲上时"的季节,总部的一位中将首长来视察。这位将军很多年前曾经在镇江驻军工作过,对镇江比较熟悉,当听我们单位的领导介绍扬中的河豚烧得好时,他说:"我在镇江工作的时候,就知道有'拼死吃河豚'说法,但我一直没有吃过,那时,镇江市区几乎没有人会烧河豚。没有想到,扬中把这小小的鱼儿做成了一篇大文章,扬中人很有经济头脑啊!"

因为时间紧,没有专门安排将军到扬中去吃河豚,怎么办?我们专门将一位特级厨师从扬中请到我们单位的招待所烧河豚。

河豚由那位厨师亲自带来,20多条河豚,条条活蹦乱跳。在招待所的

厨房旁边，我特意为大厨开辟了一块场地，场地开阔、光线明亮。厨师的面前，摆了两只大铝合金盆，一根塑料水管直接把自来水接到盆里；两把锋利的大剪刀，一左一右摆放着，据说不能混用。东西摆放停当，大厨才坐在一张小凳子上，开始认真细致、不慌不忙地宰杀河豚。

招待所里的厨师全都跑来看热闹，尽管人多，但大家都屏声静息，没有一个人发出声来，大家都怕有谁打岔，影响了大厨的宰杀。那天，我亲眼见到了宰杀河豚的全过程，尽管有些残忍，但那个过程，绝对是精湛技术的展现，或者说是一种特殊厨艺的展现。

当大厨抓起河豚的时候，河豚果真如人们传说的那样生气了，它的肚子鼓成了气球状，大厨手捧着这圆鼓鼓的东西，从河豚脊背处，顺手一剪刀，划开了它的身体，完整地摘出整个内脏，然后劈头从内侧剜出两眼。我知道，河豚的眼睛和内脏都是有剧毒的，眼睛和内脏放在一旁后，大厨开始把鱼皮剥下来，此时，它的身子是小小、白白的，但是且慢，它的肉没有毒，骨头里的血却是有毒的。怎么办？只见大厨把它的骨头剪开一点，用手使劲地挤骨头里的血，一边挤还一边用一直流动着的水来冲洗，等到确实挤不出血来为止。如此程序，循环往复，一条一条地宰杀、洗净，大厨的动作是那么麻利、娴熟，几乎没有一点停顿，没有一点手忙脚乱，我看得惊呆了。等所有的河豚都洗好后，大厨依然很认真，再一次将河豚放入有大量清水的盆中浸泡。最后，大厨把河豚的内脏、眼睛一一点数过，装在袋子里，扎紧，放了起来，他说，要带回去深埋处理。

那晚的河豚烧得很好，大厨在河豚端上来后，当着将军的面，先吃了一小块，然后说："请大家放心品尝吧！"将军尝了一口，啧啧称赞，果真鲜美！当吃到公河豚腹内洁白丰腴、软软嫩嫩的精巢时，将军赞叹道："怎么像嫩豆腐一样嫩啊！"将军把一整条河豚都吃完了，他完全被河豚的鲜美味道吸引了，感慨地说："河豚真不愧为百鱼之王、鱼中极品啊！"

时光过去了好多年，扬中河豚这张极具特色的城市名片，知名度已经越来越高，河豚资源已经成为河豚产业，扬中大厨们还远赴日本、韩国取经，在宰杀及烹饪技法等方面进行了较大改进。现在，仅仅烹制河豚的方法就有十余种：凉拌河豚皮、椒盐河豚鳍、滑炒豚丝、河豚烧老蚌、白汁河豚、白煨河豚、烤豚白、河豚刺身、锅仔豚鱼头、河豚泡饭……可谓品种繁多，各有各的绝招，各有各的特色。

　　虽然我陪将军吃河豚时的烹制方法还比较传统，但两位将军吃河豚时的神态和对河豚美味的盛赞，却让我终生难忘！

扬中河豚美食赋

杨超英

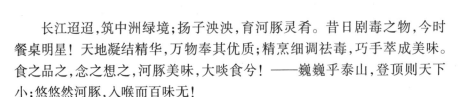

　　长江迢迢,筑中洲绿境;扬子泱泱,育河豚灵肴。昔日剧毒之物,今时餐桌明星! 天地凝结精华,万物奉其优质;精烹细调祛毒,巧手萃成美味。食之品之,念之想之,河豚美味,大啖食兮! ——巍巍乎泰山,登顶则天下小;悠悠然河豚,入喉而百味无!

　　扬中河豚,天赐佳物。画境家园,长江奔流浩浩;生态绿韵,四面环水幽幽。河豚乎,临江靠海,海之蔚蓝壮其筋骨;吞藻吐翠,水之绿润延其娇羞。远风挟雨,江洲地生灵柳碧丝;甘霖透泉,碧乡空飘如絮烟花。人居诗画,蕴之善良本性;水漾仙境,育之丰味河豚。故而,河豚各异,味道不同,镇江扬中河豚为世间极品是也!

　　扬中河豚,源远流长。《赤城志》里此鱼为上味,《倦游杂录》记此鱼为时珍。上溯仲淹豪气干云,纵然阴阳之隔兮,不敌豚香之惑;下追弃疾马前煮酒,抛弃生死之别兮,喝令"只食此鱼!"名家大腕,难敌美味当前;碌碌先民,早已佳肴先饪。河豚做法,蓄经验生面别开;美味磨砺,经沧桑首保安全。叹兮! 今日百姓,大可弃豚毒之虑,平安纵情于美食之中,骋怀于山水之间也!

扬中河豚，天香国味。源千载流芳技法，炖炒炸蒸；传百代密制特色，色香齐全。鱼片生则美禄，片片晶莹；上汤如乳润滑，口口齿香。香浓豚肉，食客阔嘴开颜；盛世佳肴，家园流霞欢歌。何以高谈？主人增光添彩，宾朋美味尽兴；何以欢歌？男人增精益脑，女人丰胸肥臀。稚童能补钙，耄耋能益身，老少皆宜，饕飨上品。乐矣！惟吾扬中，豚增底蕴，男人壮之，女人靓之，小小河豚，为人灵地杰扬中建功立业也！

　　嗟夫，扬中美如画，河豚甲天下！斯时，正是扬中唻鱼赏景佳期。芬芳烟花三月，粼粼碧波鱼跃。天聚人气，地烁灵光；盛况豚节，喜迎宾客——此时此地，呼宾唤友，举箸市井饭馆，饕餮河豚鲜香；此情此境，赏月品诗，悠游绿韵山水，悦品扬中秀美！

失之交臂

朱奚荭 ————————————

（小小说）

　　这是扬中市内最有名的一家酒店，尤其是每年四五月间，这里更是门庭若市，食客络绎不绝。

　　李德荣还是头一次走进如此富丽堂皇的高级酒店，酒店临近江边，周围满是郁郁葱葱的香樟树；而且他还被请入了包厢雅间。包厢的名字也很雅——香涛阁，包厢内有沙发、独立卫生间，有身着旗袍的端庄秀丽的服务员。

　　李德荣这次能被老板请客，是一种机遇，也是一种荣誉。先说荣誉，这次，单位的一个项目被评为高新技术，李德荣为此忙碌了大半年，跑上跑下，光是准备的那些资料，就可以装满一个蛇皮袋。功夫不负有心人，总算是有了一个好结果。再说机遇，李德荣做办公室副主任这么些年，老主任面临退休，办公室目前有两个副主任，凭李德荣这次的表现，擢升为主任应该不成问题。老板这次非常高兴，特地请了所有与项目有关的技术和行政人员一起参加这个庆功宴。而且还是大手笔，提前预订了这家顶级酒店，据说，是要请大家尝个鲜。李德荣琢磨，到底是什么美味佳肴呢？

　　等到谜底揭晓，袅袅婷婷的旗袍小姐为每人端上来一个碟子，碟子里是几块红烧的鱼和鱼肝,几棵青菜,还有白米饭。众人啧啧赞叹,老板大手一挥:"这就是这家酒店最有名的特色菜——河豚,现在正是吃河豚的最佳时令,来,尝个鲜。"老板话语刚毕,在一片惊讶赞叹声中,众人纷纷动箸,低头吃鱼。李德荣脑袋"嗡"的一声,原来是吃河豚啊!这……他低下头回顾了一下左右邻居,那两位正吃得津津有味,连办公室里一向最矜持、最高傲的副主任刘梅,绰号刘美人,此时也低下了她高傲的脖子,正埋头享受着这道美味。

李德荣慢慢地把米饭和青菜吃了,他吃得很慢,隔壁的小姜看到了,说:"老李,好东西留在最后啊,米饭要拌着这鱼汁,才好吃哩!"老李低着头不吭声,他把剩下的米饭拌了鱼汁,那味道果然鲜美异常,他的食欲被激了起来。怪不得俗话说"拼死吃河豚",光是这汁,就无比美味啊!他看着那几块闪烁着晶莹剔透的诱人光泽的鱼肉,口水在口腔里汩汩流动,他在激烈地挣扎着,以至于额头上渗出了细密的汗珠。刘美人瞅见了,调侃道:"老李,这美味还是头一次吃吧,慢慢品尝,别急,瞧这一头的汗!"众人皆大笑起来。

李德荣掏出手帕擦了擦汗。老板吃完了自己那一份,正如数家珍地介绍这道菜的由来。李德荣还在犹豫着,十多年前,他的表哥就是因为吃了河豚中毒身亡的。虽然时过境迁,可当年的情景李德荣还记忆犹新,以至于他这些年来听到河豚就会有一种恐惧的心理。而眼前是如此诱人的美味,众人又吃得如此之欢。听老板介绍,这家酒店的名厨是特地从上海请来的,做这道菜已经是功底老道。这河豚的美味究竟如何?为何有那么多人为之倾倒,甚至不顾性命呢?李德荣想着,突然迸发出一种慷慨就义般的勇气,想品尝一下这天下无敌的美味究如何,他要亲自用自己的味蕾来体验一下。但是,当他夹着一块河豚肉要放入嘴里的时候,眼前却浮现出表哥临死时的情景,他的手一哆嗦,豚肉掉在了桌上,众人这才觉察出李德荣的异样。"老李,这么好吃的美味,怎么不吃啊?可别浪费了。"小姜是个直来直去的人。"可不是,关键是别辜负了老板的一番心意。"刘美人慢吞吞地甩去一句,又用眼睛瞟了一眼老板。

"不是,是我那个……对鱼类过敏,不敢多吃。"俗话说,急中生智,李德荣总算领悟了这四个字的含义,在众目睽睽下好歹想起了这个理由来

搪塞。

　　"啊,怎么不早说?让我替你吃了。"小姜看了看李德荣眼前只动了几箸的豚肉,颇为可惜地摇了摇头。

　　李德荣的搪塞并没有瞒住老板那双阅人无数的眼睛,老板只看了他一眼,淡淡地说了一句:"不能吃就不要勉强。"而这句话和那目光足以让李德荣铭记于心。同样,这顿饭、这道名菜也将让李德荣终生难忘,眼看着旗袍小姐把盘子从他的面前撤去,李德荣明白,他这一生将不可能再有机会品尝这河豚的滋味了;同时他也明白,办公室主任的位置,如同这道菜一样,很可能与他失之交臂。

　　但是,有些事情不能重来,即使可以重来,有些记忆还是无法忘却的。

眷恋河豚岛

刘瑞武

（童话）

该回家了。

这个念想从小洋洋的头脑中一蹦出来,就没有消停过。

夹江南岸的秀丽,长江北侧的清新,灵动的江水宛如一串流光溢彩的晶体,紧紧地环绕着婀娜多姿的河豚岛,一切是那么的养眼,那么的令人心旷神怡。

还有护岛小天使何童那双抚摸过小洋洋的小手也应该长大了,一定更加的细腻温柔了。

对了,小洋洋早答应过鞋底板鱼莎莎,会尽快回来为她做整容手术,以解压在心底的那份愧疚。

想到这一切,小洋洋恨不得立刻就回到长江中去,一睹河豚岛新的面貌和风姿,以及那意义非凡的放生台和可爱的小何童。

走,一定得走,越快越好!

尽管铁下心的小洋洋知道自己还有一个多月才能从这里走出去,可他还是径直向总部设在东海深处的河豚文化传导中心走去,现在他必须去说服中心的首席执行官豚达教授。

他轻轻推开教授的水帘门，刚一站定就急切地说道："尊敬的教授先生，我想提前离开这儿，回到我魂牵梦绕的故乡。"

"这么急着提前离开得有充足的理由才行。"教授靠着沙发，仰面看着小洋洋，等着他能给自己一个满意的说法。

小洋洋拿出事先准备好的资料递到教授面前，他知道要想得到教授的批准，必须拿出令教授认可的证明。

教授仔细地翻看了小洋洋递交的厚厚的一摞材料。当教授再次抬起头注视着小洋洋时，眼眸中流露出欣赏的目光。"我不想放你走。"教授说这话时从沙发上缓缓地站了起来，但目光始终没有离开小洋洋。

"为什么？"小洋洋有些迫不及待地补充道："我不但已经学完了所有的课程，而且各门功课都是优秀。"

"这正是我不想让你走的原因。"

"不，我不愿意留在这里。"

"为什么？"教授反问道。

"我想回到我应该去的地方，那是我的故乡，我要把全部的知识和智慧贡献给那片神奇的土地，让它变得更加璀璨夺目。"

"可你不觉得留在这个研究中心更能发挥你的聪明才智吗？"教授不等小洋洋回答，接着又用诚恳的语调说："这个中心更需要你。"

"谢谢教授的好意，现在我不得不告诉您，回到河豚岛是我对故乡的承诺，我不能食言，我想教授也不会容忍自己的弟子不讲诚信、不守信用吧？"小洋洋这一招果然灵验。

教授不好再强求小洋洋了："你真的所有课程全都结束了？"教授转移了话题。

小洋洋慎重地想了想："噢，还剩最后一门。"

"那你还来捣什么乱？"教授显然感到事情出现了转机，"等全部课程完了再来找我也不迟。"

"这最后一门课，能不能提前安排在明天上？"

"什么课？"

"成长礼。"

"噢，成长礼。"教授轻轻地重复着，欣慰之情不禁油然而生，"又一批长大了的学子就要远行了。"他在心里说道。

成长礼一结束，小洋洋就踏上了洄游的路。

可还没游出多远，就听身后传来越来越大的呼喊声。他只好放慢脚步，原来是自己的同学们。

"你太不够意思了，提前走也不跟我们道别！"说话的是班长奇奇。

"刚才的成长礼上教授不是已经讲得很清楚了。"

"他讲是他的事，他也只是讲了些为什么要举行成长礼什么的，可你和我们不辞而别，只能说明你还没有成熟，因此，我们来追你，是要再给你补上一课。"小洋洋这下从奇奇的眼睛里读到了诡秘。

"该不会是想来恶补我吧？"小洋洋揭穿了同学们的来意。说完他忙向后退了退，可还是没能躲过这一帮同学的恶搞。被围在中间的小洋洋不得不被画副眼镜、涂顶帽子，满身被纹上怪异的图形，看着眼前这帮朝夕相处的伙伴，小洋洋心中不免泛起淡淡的难舍之情：此一去再相见不知是何时，大家就尽情地拿我取乐吧，此刻，这或许是对眷恋最有效的释放。

他们就这样一路打闹着，直到离长江口不远处，才和小洋洋依依惜别。

当小洋洋转过身子看到不远处江海相连的独特景观，原本那点惆怅便一下子烟消云散了，他意识到自己就要进入长江了，情不自禁地哼唱起劲歌，欢快地向长江口游去。

小洋洋正游得兴起，突然一群鳗鱼挡住了去路，"要从此地过，请交过路钱！"为首的低声说道。

"吓唬谁呢？ 从来没听说过我们洄游还要交过路钱！"小洋洋毫不惧怕。

一个个头硕大的鳗鱼游到他的面前，斜着小眼睛看了一眼小洋洋，不屑一顾地说："少费话，前面没一个不交钱的，怎么了，不认识本大爷？ 那好啊，到那边比划比划！"

看着这群盛气凌人的鳗鱼，小洋洋感到浑身不自在。可小洋洋是很有教养的，他想先礼后兵："你看重的是钱，还是面子？"

"钱和面子都要。"

"要钱就不要讲面子，要面子就不要谈钱。"

"错，这个社会谁不要金钱？"

"听你这番话，倒让我看出你内心仅存的善意，不过俗话说，君子爱财，取之有道，面子更不是靠动粗就能争得到的。"

"哎，你这小嘴巴蛮会说的嘛！过路钱难道不名正言顺？文道和武道难道不是道？"另一个个头稍小一点的鳗鱼振振有词地反驳道。

"过路钱能收还是不能收，我们暂且不论，问题是这黄金水道天然而成，一面是顺流而下，一面是通道朝天，这收的是哪门子钱，这和明抢又有什么区别？再说这道，道就是义，就是理，无论是文道还是武道，都不能离开理，面子是讲义讲理的，少了义和理，面子是争不回来的。"

"这么说你是第一个不想给我们钱和面子的了？"

"要钱没有，要面子那就自己来拿吧。"

"给我上。"鳗鱼们团团围住了小洋洋。

小洋洋轻蔑地扫视了一眼，轻轻一运气，很快圆圆的肚皮就鼓了起来，上面竖起一根根小小的肉刺，并从深水处浮到水中央，鳗鱼们眼看着小洋洋变身的这副架势，谁也不敢靠近他，只好你看看我，我看看你，围着小洋洋打起转来。小洋洋本就不想和他们动武，于是他双臂抱胸，冷眼以对，只剩为首的那条鳗鱼在一边不停地胡乱叫嚷着。

小洋洋不想再和他们作这种无聊的纠缠，于是双臂一使劲一个挺身，对着乱转的鳗鱼们冲将过去，鳗鱼们哪里敢挡？慌忙让出道来，任由小洋洋径直向上游奔去。

游走在熟悉而清新的水道上，感受着与大海完全不一样的快感，那江水时而湍急，似无数激情奔放的水柱拍打着小洋洋的肩背，让他倍感亲切；时而又舒缓，像无数条柔情万种的绸带轻轻抚摸着小洋洋的周身，让他倍感温馨。

一路尽情地体味这种久违感觉的小洋洋，不经意间猛地一抬头，一座气势恢宏的跨江大桥映入眼帘，面对此情此景小洋洋心里感到一丝迟疑，他在心里盘算起来，按理该到河豚岛了，可这巨大的桥体不可能在这么短的时间内横空出世呀！他怎么也不敢相信。

他只好带着满肚子的疑惑穿过跨江大桥继续溯游而上。可是，很快他就不得不停止了前行，回过身子凝望着远在数里之外灰白色的拱形，因为前面的圌山和金山分明是河豚岛存在的见证，小洋洋意识到了刚才经过的就是已经日新月异的家乡，他忙顺流而下，从夹江穿行，穿过一桥、二桥和幸福大桥，沿着数十里长堤边亦步亦趋地细数起无限风光。

突然小洋洋的眼睛一亮，那不是放生台吗？凝望着高高的放生台，他思念起小何童，思念起那张白皙的皮肤透着粉红色润泽的脸庞，回放起何童用他那稚嫩的小手，小心翼翼地捧起他，轻轻放入放生台上通向江海的漏口中的情景。此刻，他多么希望小何童能出现在放生台前，他一定会忘乎所以、不顾一切地从江中跃起，向小何童献上一个深情的拥抱和感激的吻。

小洋洋继续前行，从雷公嘴到太平洲，再到中心沙，他一路漫步，边走边注视着周边的一切。这不，透过亮晶晶的江水，岸上温馨的气息扑面而来，鳞次栉比的高楼映入眼帘，随处可见的花园让小洋洋感叹不已。他在心里由衷地说道：美丽的河豚岛，我回来了！

转眼间小洋洋来到了设在中心沙的放生池，放生池里已经聚集了众多的洄游者，小洋洋一眼就看见了站在池边的小何童，他高声呼喊，可一片喧嚣声轻易就把他的呼喊淹没了。他只得使劲儿向前挤去，好不容易来到小何童的身边，正欲和小何童亲热一番，却冷不丁被鞋底板鱼莎莎一把拉住。

"你终于回来了。"莎莎板着面孔说。

"噢，回来了，刚到这里。"小洋洋不敢正视莎莎的目光，连忙解释道，"对不起，莎莎！我也算是学成归来了，我想做的第一件事，就是向你真诚地道歉，并免费为你做整形手术。"

莎莎眯起眼睛看着小洋洋，突然发出一串"咯咯咯"的笑声，这爽朗的笑声让小洋洋有些摸不着头脑。终于她停住了笑，说道，"好小子，你的这份真诚我心领了，可说实在的，事后我也认认真真地想过，我觉得自己也算是活该如此，谁让我这般小肚鸡肠，就为一点小事，竟气歪了自己的嘴，真是贻笑大方！"小洋洋听了鞋底板鱼的这番肺腑之言，心里更觉歉疚。

"不管怎么说，那总是我的错。"小洋洋自责地说。

鞋底板鱼打断了小洋洋的话："不，不必再提那件不愉快的事了！"小洋洋还想说什么，鞋底板鱼用手势制止道："现在我不但已经适应了眼前的生存状态，而且因为你的无意，让我从一张平庸的面孔中走了出来，成了特征明显、个性十足的一族，所以，你不必再为过去的事感到内疚和歉意。"

　　小洋洋万万没有想到鞋底板鱼莎莎的胸襟如此宽厚,这给小洋洋的心里带来了巨大的冲击,他开始领悟到了宽容的真正含义,更从心里仰视身边这位活生生的榜样,他忘情地紧紧抱住鞋底板鱼莎莎:"让我们从此成为一对亲密无间的好朋友吧!"

　　"说得对,做得更对!"顺着这句赞扬声小洋洋和莎莎抬头向上望去。只见小何童正趴在池边欣赏着他俩。看到近在眼前的小何童,小洋洋和莎莎兴奋得在水中不停地蹦跳。小何童看出了他们的心思,热情地伸出手去,轻轻地把他们捞出水面移到面前,深情地吻了吻他俩的面颊。

　　就在这一刻,小洋洋看到,河豚岛上春意盎然,梨花流彩,秧草飘香,他再也按捺不住心中的喜悦,一边高声喊道:"美丽的河豚岛,我爱你!"一边潜入水中用水纹豪情满怀地描绘出了一幅未来河豚岛的崭新画图。画图深处,几条快乐的河豚正嬉戏其间。

　　小何童反应更快,一把拉住不远处的摄影师,叫道:"快拍这儿! 快拍这儿!"只听"咔嚓"、"咔嚓"的快门声和着一片惊叹与叫好声。

　　"谁看了这幅画都会眷恋这方故土的。"所有看过这幅构图精巧用笔鲜活的画的人,全都发出了如此感叹。

　　小洋洋静静地看着自己绘就的图画凝成的永恒,动情地流下了眼泪。

顾凤珍　正是河豚欲上时

GU FENGZHEN

68×68 cm
水墨画
2012 年

岛园篇

鲀^①语飞思

斯 彬

（诗歌）

这是一条逾越千年万载的路线
我们结伴出发
从爱的源头　海的深处
水的起点

像太多神奇的传说
总有落地生根的归宿
这一刻　我们遵循的
是神的指引　是遥远的祖先
最隐秘的暗语

没有义无反顾的绝决
我们鼓荡起满腹的欢喜

———————————

① 鲀:河豚。

就像人类的亚当与夏娃
当初受到一枚苹果的诱引
此刻　那颗成熟万年的果实
依旧在召唤
正垂悬于远方一座神秘的岛屿

一路溯流而上
我们放胆尝试着所有的好奇
哪怕突发而至的小小惊险
也被心手相系的柔情蜜意
化险为夷
那每一次惶恐的搜寻
都践约着不朽的海誓
那每一眼幸福的回眸
都收获着生命的惊喜

今夜　辽阔的扬子江
舒缓而宁静
温婉的水流逝向东方
仰首苍穹　星汉闪烁　月辉如银
这一刻　为什么我们会热泪盈眶
就像一个长不大的孩子
在梦里的故乡
遇见了久违的母亲

请来中国河豚岛

叶锦春

　　打开中国地图,如果让你迅速找出扬中市的位置,恐怕并非易事。因为扬中是全国面积最小的县级市,全境只有 332 平方公里,在地图上只是个小圆点。

　　但提起中国河豚岛,你准会眼睛发亮,欣喜地说:我知道,就是扬中,长江下游,扬子江中。

　　中国河豚岛——扬中响亮而显赫的名片。

　　谈及河豚,妇孺皆知。长江中可食用的鱼有千万种,数河豚、刀鱼、鲥鱼最鲜美,称为"长江三鲜",而河豚冠为"三鲜"之首。

　　河豚味之鲜美,无与伦比,令人垂涎,而且营养和药用价值极高。据专家考证,暗纹东方豚中含有人体必需但又不能自行合成的苏氨酸、缬氨酸等八种氨基酸,食用后可维持人体营养均衡、改善肤质、增进免疫功能,还具有暖胃、补虚、美容、健脑、养心滋补之功效;但河豚含有剧毒,为鱼中之最,如果加工不慎,食者可当场死亡。但由于这诱人的菜肴鲜美绝伦,喜食者甘愿以死相拼,"拼死吃河豚"之说广为流传。宋代大文豪苏东坡不仅留下"竹外桃花三两枝,春江水暖鸭先知。蒌蒿满地芦芽短,正是河豚欲上

时"的精彩诗句,还有品尝河豚时发出的"值那一死"的赞叹。著名诗人梅尧臣更是直言:"河豚当是时,贵不数鱼虾"。古人的诗句不仅道出河豚之鲜美,还表明他们嗜食河豚的情状。

江水环抱的扬中岛人与江鲜尤其是河豚自然结下了不解之缘。占天时,得地利,更兼人和,近十年来,扬中市勇于争先,精心培育江鲜美食文化,打出"河豚"牌,创下了一个个全国第一。

2004 年初,扬中市河豚文化研究会和烹饪协会成立。当年 3 月,举办以河豚美食为主体的首届江鲜美食节,在全国率先将河豚从民间餐桌堂而皇之地搬上了饭店宴席。

2005 年 11 月 18 日,中国烹饪协会颁发文件(中烹协〔2005〕38 号),授予扬中市"中国江鲜菜之乡"称号。这是全国第一个以原料产地命名的城市。

2007 年 3 月,由扬中市河豚文化研究会主办的"中国河豚网"正式开办,这是全国第一家也是唯一专业的河豚文化研究网站。

2009 年 4 月,《扬中河豚菜谱》出版发行,书中收录了 100 种菜肴,是扬中以及江南地区数百年乃至上千年以来河豚食用经验、制作技艺的全面总结和研究结晶,填补了中国河豚菜肴专著的空白。

2010 年 4 月,全国首届河豚烹饪技艺大赛在扬中举办,来自全国 20 多个省市的百余名烹饪大师齐聚一堂,一展河豚烹饪绝活,开全国河豚烹饪大赛之先河。

2011 年 3 月 19 日,扬中市第八届河豚美食节隆重开幕,中国烹饪协会正式授予扬中"中国河豚美食之乡"、"中国河豚烹饪科研基地"的牌匾。28 个国家的驻华使节,近百位国家、省、市级媒体记者应邀出席。如此规模盛大的场面实属罕见。《欧洲时报》、美国《侨报》、韩国中华卫视、《人民日报》海外版、中央电视台等媒体多角度报道了美食节盛况,扬中市作为"中国河豚岛"蜚声海内外。

2012 年 3 月 18 日,为期两个月的第九届中国扬中河豚美食节开幕。当天,举行了首届"国际河豚烹饪邀请赛",来自韩国、日本、新加坡,我国港、澳、台地区以及扬中本地的 27 位烹饪大师,现场表演了极具民族地域特色的河豚烹饪技艺,制作了 40 多道菜品,堪称河豚烹饪界水平最高的一次展示活动。

河豚美食因扬中而发扬光大,扬中因河豚美食而名扬四海。

"扬中河豚甲天下",这句流传最广、影响最大的广告语,已成为海内外美食家的共识。

是吗?

是的!

专家称,凡谓之美食,必须原料精美、厨艺精湛。就此,扬中得天独厚。在这里,你既可品尝到天下最鲜美的河豚,又可确保万无一失。

扬中河豚丰腴精美。河豚是一种洄游型的鱼类,原本生活在海洋,每年春天来到长江中产卵。刚进长江时,其肉质品位只能算是一般般;过了扬中进入镇江焦山一带,河豚就不再进食而开始产卵了,这时的河豚肉质松弛,品位也较差。而扬中距入海口200多公里,有120公里的江岸线,江面宽阔,水流平缓,饵料丰富。溯江而上的河豚一路寻觅江水中的小鱼、小虾、贝壳,到这里时食物链已经发生了根本变化,肉质鲜嫩、脂肪丰富,味感特别好。独特的水域环境造就了扬中河豚的品质鲜肥,弥足珍贵。

至于烹饪河豚,扬中人更擅长。初上扬中岛居住的是渔民,包括河豚在内的江鲜菜肴原本是他们赖以生存的主要食物,几乎人人都能露一手,做上几道精美的江鲜菜。经过数百年的发展,扬中厨师掌握了独特的河豚烹饪秘技。扬中的河豚烹饪技艺主要有三大特点:一是讲究时鲜,现捕、现杀、现烹饪,"本江鱼起水鲜"。若不是本江的或不是鲜活的水产其鲜味就会逊色;二是控制用油,使菜肴显得浓而不腻,淡而不薄;三是注重食疗,河豚鱼肉可以补虚、去湿气,鱼皮能美容、健胃,鱼肝可治脚气、烫伤、癣疮,鱼精巢可补肾,鱼卵巢可治无名肿毒、乳腺癌、颈淋巴结核等。厨师烹饪时,配以当归、人参、枸杞等各式中药为佐料,可起到明显的食疗作用,极受食客的欢迎。

值得一提的是,扬中厨师对河豚进行无毒化处理,使河豚所有部位,包括河豚肝、河豚子都能食用,素有"河豚不毒扬中人"之说;改变河豚脂肪炸油的常规烧法,采用河豚肝与小榨豆油一起熬制直接烹调,增加了河豚的鲜美味道;选择本地产的嫩燕竹笋、秧草与河豚同煮,将河豚的美味发挥到极致。此外,扬中的河豚烹饪法更是多达数十种:红烧河豚、白汁河豚、凉

拌河豚皮、河豚烧竹笋、河豚烧秧草、河豚烧老蚌、河豚刺身等。真可谓品种繁多,各具特色,鲜美绝伦。

　　如今,你不必担心错过春季就尝不到河豚佳肴,在扬中,春、夏、秋、冬,一年四季天天都能吃上美味的河豚,且扬中河豚大师们各怀有烹饪绝活儿。

　　来吧,请来"中国河豚岛"!

珍贵的记忆

范继平

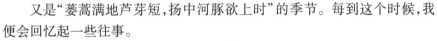

又是"蒌蒿满地芦芽短，扬中河豚欲上时"的季节。每到这个时候，我便会回忆起一些往事。

1992年的春天，我刚到文联工作不久，正逢扬中长江大桥即将奠基，时任江苏省作协副主席的著名作家艾煊，带领一批作家来扬中采风。其中有海笑、叶兆言、姜琍敏、梁晴、费振中等。这是扬中县有史以来第一次迎来江苏重量级作家采风团。作家们在扬中听取了县委书记康正平的情况介绍，参观了乡镇企业，了解了扬中社会经济的发展情况，对扬中有了一个大概的印象。采风结束的晚上，康正平书记在县政府招待所宴请来扬采风的作家，请大家品尝河豚。那时的河豚大都是长江野生河豚，味道极其鲜美。席间，艾煊主席不禁赞美道："河豚有毒人垂爱，秧草虽草胜似菜。"著名作家海笑是南通人，他也实事求是地认为，扬中的河豚比他老家的好吃多了。

20年过去了，有些老作家已相继离我们而去。而当年那些年轻的作家都已经成为江苏省作协的中坚分子。如今，姜琍敏和梁晴分别是《雨花》杂志的主编和副主编。叶兆言是著名的小说家，费振中是大名鼎鼎的文学批评家。这么多年来，只要他们碰到我，总会回忆起那次在扬中吃河豚的

情景。

1996 年 5 月 5 日，著名作家贾平凹来到扬中。之前，镇江市文联赵康琪书记打来电话说：平凹先生关照，只要宣传部长接待一下，不要市委、市政府领导作陪。上午 10 点，贾平凹在扬中宾馆听取了扬中市委常委、宣传部长童国祥的情况介绍。午间稍事休息后，他又到新坝镇参观访问，扬中市委常委、新坝镇党委书记李卫平"要么第一，要么唯一"的介绍引起了他的极大兴趣。随后在蔡明松镇长的陪同下，贾平凹参观了该镇治安村现代化农业示范区、长江电器设备厂、建新村农民住宅。参观结束时，贾平凹不无感慨地说："扬中真是一块神奇的土地。环境好，到处绿树成荫，近似森林公园，气候好，空气清新，是个好地方。"

晚上，我请平凹先生和他的陪同——《美文》杂志常务副主编老宋在我家吃河豚。后来，他在《江苏见闻》的随笔中专门写到这一节，现抄录于此：

> 访问毕，天已将黑，往范继平家吃河豚。河豚有剧毒，尤其菜花时节。范继平一再强调，不吃河豚，枉到扬中，要吃，要敢吃！我请村里老支部书记来烧！出事不出事，这不是政治可以保证的事，但我还是放开去吃，15 分钟过后，未有舌麻头晕，安全无事了。回镇江对接待的人谈起，他大惊失色，说："只有镇江人敢这样！"河豚活物什么模样，不可得知，但鼓腹而歌："你有毒，我也一身病毒，我怕你的！"

平凹先生似乎很珍视这次扬中之行，后来他又把此文收进了《走虫》、《贾平凹散文随笔集》等书中。

时隔半月，北京首都作家代表团一行 10 人来扬中采风。作家代表团的成员有丛维熙、赵大年、冯亦代、黄宗英、雷加、章钟鄂、高桦、陈染、徐坤、杨兆三。团长是丛维熙，副团长是高桦。在扬中期间，代表团分为三个小组到乡镇、工厂采风。我负责的小组有丛维熙团长，还有陈染、徐坤两位青年女作家。有一天采访结束时，没有在所访单位吃饭，我邀请三位作家去家里作客，说请厨师做几个扬中特色菜，三位作家欣然允诺。记得那天晚上，当每人一条红烧河豚端上桌时，他们不免有些顾忌。我对他们说：半月前，平凹先生在此吃过，也是这位师傅烧的，一定是安全的。说完，我便先吃起来。三位作家见我开始吃，便也开始动筷。丛老是知道河豚有剧毒的，而两位女作家并不知道，一边吃一边一个劲儿地称赞味道美极了，丛老笑笑不语。快要结束时，丛老才告诉她们：河豚之所以味道鲜美，那是因为其有剧毒，自古以来便有"拼死吃河豚"一说。陈染和徐坤听了顿时目瞪口呆。

回京后，丛老写了篇《学一回苏东坡》的文章发表在《今晚报》副刊上，其中有一段这样写道："当年家迁常州后的苏东坡居士，一定是在河豚与美酒之间，飘飘然忘乎所以。此时，我来到与东坡居士近在咫尺的扬中，当不虚此行……"此文发表后，曾被很多家报刊转载。

5月21日晚，扬中市委书记蒋定之，市长陆朝银，市委常委、宣传部长童国祥等市委、市政府领导与作家代表团全体成员相聚扬中宾馆，一起品尝河豚，气氛十分热烈。高兴之时，著名作家、电影演员黄宗英从衣袋中掏出签名笔，在餐桌上的小瓷碟上留下了一首诗：

> 我到扬中来，变成小女孩。
> 事事都新鲜，什么都奇怪。
> 梦境已成真，燃我心头爱。
> 喝过扬中水，当然长能耐。
> 以前没出力，且看不白来。
> ——于一九九六年五月二十一日欢欣开怀之夜

现在，这只珍贵的小瓷碟还保存在我的书橱里，每当我打开书橱看到它时，总能唤起美好的回忆。

记忆不仅是我们昨天的历史，同时也是我们今天的宝贵财富。虽然岁月像流水一样过去，但这些珍贵的记忆却永远留在了我的脑海里。

韩诗颖

会飞的河豚

韩诗颖

（童话）

一

很久很久以前，大海里住着河豚一家：河豚爸爸、河豚妈妈和河豚宝宝。

河豚宝宝长到一岁啦，圆圆的脑袋、肥肥的脸，整日无忧无虑地冲浪、撒欢儿。

有一天，河豚妈妈提着一个水草织成的手袋交给河豚宝宝，说："宝宝，宝宝，这袋子里面是七颗快乐种子，明天一早，你沿着长江逆流而上，把它洒在长江中的一个小岛上。"

河豚爸爸突然从报纸背后露出一双圆圆的眼睛，惊奇地问："宝宝要参加周岁礼大冒险了？这次鲸鱼大王又想什么新花样啦？"

河豚妈妈走过去，扶了扶河豚爸爸松松地搭在鼻梁上、欲掉不掉的眼镜，说："大王说这次给所有孩子们七颗快乐种子，让他们独自旅行，把快乐播撒在小岛上。谁收获的快乐果实最多，谁就能获得今年快乐王子的冠军称号！"

河豚宝宝眼睛亮亮的，满怀期盼地说："爸爸妈妈，去长江冒险是不是很好玩啊？"

河豚妈妈用鱼鳍拍拍河豚宝宝的小脑袋，回答说："虽然会有趣，但是妈妈担心你路途上会遇上危险。"

河豚爸爸哈哈大笑，接话说："路途是危险，可是咱们河豚也是水中的小霸王啊，咱们皮肤上是尖尖的刺，骨肉中是凶险的毒，没有人敢危害我们的河豚宝宝的。"

河豚宝宝兴奋地甩着尾巴，转了一个大圈儿，对河豚爸爸说："是吗？是吗？我从来不知道我们有这么厉害呢！"

河豚妈妈蹭着河豚宝宝的脑袋说："宝宝，妈妈从来不希望你以武力对待别人，遇到陌生人的时候要与人为善，这样不仅能给别人快乐，而且自己也能获得更多的快乐。"

河豚爸爸又将报纸打开，甩着尾巴对河豚妈妈说："非也，非也！人生最大的快乐就是让自己变得强大，让弱小者害怕你、崇拜你、不敢接近你。"

河豚妈妈反驳说："宝宝从小没什么朋友，这正是交朋友的好机会啊！"

河豚爸爸马上接口说："朋友有什么用？只会阻挡你前进的脚步，让你不务正业。"

河豚妈妈急红了脸争辩道："但是……"

河豚宝宝低着头，担忧地看着爸爸，妈妈，打断妈妈的话说："爸爸妈妈，你们别争啦！宝宝自己有自己的想法呢！不过，我不告诉你们，哈哈……"河豚宝宝狡黠地笑了一声，转身玩去了。

河豚妈妈听河豚宝宝这么说，慈爱地看着他游泳的背影，微笑着。

河豚爸爸被河豚宝宝尾巴甩起的水波吓了一跳，老花眼镜"啪嗒"一声摔在礁石上。

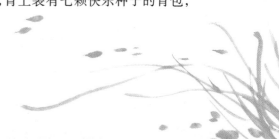

二

第二天天没亮，河豚宝宝起了个大早，背上装有七颗快乐种子的背包，

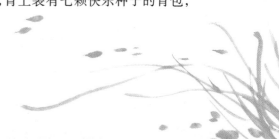

告别父母，哼着小曲儿，蹦蹦跳跳地上路了。

　　河豚是一种神奇的动物，他们平日在咸水中生活，也常常去淡水中度假，他们的环境适应能力非常强。河豚宝宝背着快乐种子勇敢地乘风破浪、逆流而上，他觉得自己身体里面充满了亢奋的细胞和无穷的能量，他骄傲地昂起头，觉得爸爸说得真对，他坚信自己比别人都要强大。一路上，他看见别的鱼宝宝也背着快乐种子前进，只是都被他一个个超过，谁也没有他游得快。

　　只是，一个人默默旅行，没有爸爸妈妈在身边，河豚宝宝总感觉有些冷清、寂寞。

　　一天，河豚宝宝游到一片浅滩上，突然听见有个声音在叫："河豚弟弟，河豚弟弟！"他一转头看见小海豚躺在沙子上，痛苦地扭动着身子。原来，小海豚不小心游到了浅水处，陷进沙子里，动弹不得。河豚宝宝紧急刹车，快速游到小海豚身边，说："让我来帮你！"他从小背包中拿出一粒快乐种子送给小海豚。一片亮光闪过，四周的沙土仿佛有了生命，自觉四散开来，而小海豚也顿觉自己充满了能量，摆动着巨大的尾巴游出了搁浅区。

　　"谢谢你，河豚弟弟！"小海豚开心地一下子跃出水面，如月牙，如弯刀，身姿美丽动人，看得河豚宝宝惊呆了。"海豚哥哥，你教我飞吧，我要做会飞的河豚！""好啊！我陪你练习。"小海豚用喷出的水柱将河豚宝宝喷得老高老高，逗得河豚宝宝咯咯大笑。河豚宝宝几经苦练，在小海豚喷出的水柱冲力的帮助之下很快就学会了水面飞跃的技巧。

　　"你要去哪里？不如让我送你走一程吧！"小海豚的个儿大，也比河豚宝宝游得快多了，他将河豚宝宝背在自己的背上，疾速前进，很快就来到了长江入海口。小海豚对河豚宝宝说："再见！跟你在一起真开心，以后我们是好朋友了。""嗯，海豚哥哥，等我回家后一定找你玩！"小海豚游回了大海深处，河豚宝宝用刚学到的飞跃技巧跃出了水面，向他告别。

　　河豚宝宝又开始独自旅行了，他感觉身体有些疲乏，"哎，还是跟小海豚在一起有趣，自己一个人好孤单哦！"他默默地自言自语。

　　"不会孤单的，我陪你玩，好不好啊？"一个陌生的声音传来，河豚宝宝一抬头，看见江岸边有一只小花猫，她长得瘦骨嶙峋，但体态优雅自在。"好啊，好啊，我们要玩什么游戏呢？"河豚宝宝开心地在水里蹦跶了几圈，溅了小花猫一身的水花。小花猫笑眯眯地看着河豚宝宝，以迅雷不及掩耳之势弓起身子，跳起来说："不如玩猫吃鱼的游戏吧！"河豚宝宝一见不对，马上竖起全身的刺，迅捷地窜入江心，一下子游得很远。

河豚宝宝着实吓了一大跳，想起爸爸曾说过路途凶险的话，后悔自己太轻信别人了。他游了一段后回过头看了一眼小花猫，她扑了个空，狼狈地摔进水里，全身湿漉漉的，正懊恼着。河豚宝宝感到好委屈，他没想到想跟小花猫交朋友，小花猫却想吃掉他。小花猫"喵"地叫了一声，转身奔向荒芜的岸边。这时，河豚宝宝看见一只小白猫躺在岸边的石头后面，小白猫比瘦瘦的小花猫还要瘦小、虚弱，趴在石头旁闭着眼睛喘气，小花猫跑到小白猫身边伸出舌头舔舔她。

河豚宝宝顿时明白了，小花猫不是故意要伤害他的，她一定是在为生病的小白猫寻找食物。河豚宝宝看着她们，想了想，背着一颗快乐种子游到岸边，他远远地对小花猫说："我的肉有毒，还是不要吃我了，不如你收下这颗快乐种子吧！"小花猫诧异地看着河豚宝宝，快乐种子闪闪发亮，顷刻间变成一盘满满的猫食。小花猫噙着眼泪羞红着脸对河豚宝宝说："我姐姐病了好多天了，我这就拿给她吃。谢谢你！河豚宝宝，还有，对不起，我刚刚攻击了你！"她走了几步，又转过头说："河豚宝宝，你要去哪里，我知道很多近路，不如让我带你抄近路吧！""好啊，我的朋友！"河豚宝宝对小花猫笑着摇摇尾巴，尾随着小花猫走了另一条水道。

这条路果然近得多，一转弯，河豚宝宝便看见了目的地——那座美丽的小岛。跟小花猫交上了朋友，刚刚的寂寞情绪一下子舒缓开来，河豚宝宝又一次飞跃出了江面，告别了小花猫。

河豚宝宝来到小岛的江岸边，忽然听见一阵急切的"汪汪"声，他下意识地提高了警惕，他听河豚爸爸说过，狗是一种会咬人的凶恶的动物。那是一户江边人家，只有一位老爷爷跟一条老黄狗相依为命，老爷爷爱赌博的儿子常常回家来跟他要钱，老爷爷辛苦挣来的血汗钱总被不孝的儿子连抢带夺地卷走。这天河豚宝宝经过的时候，老爷爷和他的儿子正在对峙，老黄狗为了保护主人被那个儿子狠狠地刺了一刀，躺在地上，奄奄一息，但它依旧"汪汪"地叫个不停，守护在主人身边。直到警笛一般的狗叫声惊动了村里的人，儿子才放下凶器，落荒而逃。

会飞的河豚

091

河豚宝宝好奇地看着这一幕，觉得诧异极了，他不明白为什么父子两人会刀刃相见，他不知道钱是一个怎样的东西。他想，钱一定比这把匕首、比自己身上的毒素毒性还要大吧，不然怎么会导致父子成仇、互相伤害呢？河豚宝宝又定睛看看他们：老黄狗躺在地上，身体一颤一颤地抽动着，浑浊的眼睛再难睁大；老爷爷用手捂着老黄狗流血的伤口，将老黄狗的头抱在胸前，老泪横流，痛苦万分。河豚宝宝看着这悲惨的一幕，不由地也流下了眼泪。他衔住一颗快乐种子，将它抛向老黄狗。一阵耀眼的亮光闪过，老黄狗的伤口竟不再流血，慢慢愈合了起来，没过多久，老爷爷惊奇地发现老黄狗颤颤巍巍地站了起来。老爷爷惊喜万分，但却反而哭得更凶了，将老黄狗紧紧地抱在了胸口。

老爷爷哭了一会突然想起了什么，他快步奔向江边，正好看见了盯着他们看的河豚宝宝，河豚宝宝看他突然跑过来，身子一惊，便向他摆了摆尾巴告别，纵身跃出水面，向远方游去了。他听见老爷爷在身后大声喊道："谢谢你的快乐种子，河豚宝宝，希望你也永远快乐！"原来这位年过七旬的老爷爷见多识广，年轻的时候也见过不少小河豚带着快乐种子来小岛呢！

小岛上花红柳绿、香气扑鼻，河豚宝宝开心地绕着美丽的小岛散步，寻找土地肥沃、雨露充足的地方，思考着要把剩下的快乐种子种到哪里。这时，他突然听见喊救命的声音，他看见不远的江面上漂浮着一艘破旧的遇难渔船，船正慢慢下沉，水不断漫上甲板，再过两分钟就要完全吞没小船了，船上的四个人紧紧抱在一起，瑟瑟发抖。河豚宝宝看出来了，那是一家人：爸爸、妈妈、儿子和女儿。他们站在船尾，手足无措，眼中满是深深的绝望。河豚宝宝忧心忡忡地看着他们，他打开自己的背包，想了想，便把剩下的四颗快乐种子全部扔向了江心。快乐种子灿如流星，闪亮着变作一叶扁舟，飞到渔夫一家的渔船边。渔夫家的小女孩看得惊呆了，竟一时忘记了自救，直到爸爸将她抱上了扁舟。

河豚宝宝看到他们没事了，兴奋地跳起舞来，学着小海豚的样子跃出水面，转身向远方游去，身后留下小女孩的惊呼："哇！一只会飞的河豚。"

这个时候河豚宝宝的背包里一颗快乐种子都没有了，他带着复杂的心情绕着美丽的江心小岛游了三圈，转身离开，游向故乡大海。

三

鲸鱼大王主持的颁奖典礼上,河豚一家默默地站在角落。

河豚宝宝送出了所有的快乐种子,一无所获地带着空袋子回来了,一颗快乐果实都没有。看着青鱼哥哥和螃蟹姐姐兜里的累累硕果,河豚宝宝的眼泪都快流出来了。听完河豚宝宝的旅行故事,河豚爸爸很生气,但是河豚妈妈却夸奖宝宝做得好。爸爸妈妈意见不一,河豚宝宝一时也迷糊了,不知自己做得是对还是错。

"今年的周年礼大冒险的冠军是——"鲸鱼大王在所有鱼虾蟹们的注视下,得意地卖了个关子,"小丑鱼,有一位小朋友一路上只记得耕种,却忘记收获了,你把路上捡到的那些果实还给他吧。""是。"橘黄色的小丑鱼捧着一个比自己大数十倍的果篮,一摇一摆地放在了河豚宝宝的面前。这只大果篮,比其他所有小朋友的果篮都要大出很多。

河豚宝宝更加迷糊了,他躲在妈妈后面问道:"是我的吗? 我忘了收获?"

鲸鱼大王笑着来到河豚宝宝面前,牵着他走到殿前,说:"有意栽花花不开,无心插柳柳成荫。河豚宝宝,你的善良就像种子一样播撒了一路,却没想到果实也结了一路吧?"

突如其来的快乐让河豚宝宝难以置信,愣了数十秒之后,河豚宝宝开心地尖叫起来,一挺身跃出了水面,水花四溅,好像散落的水晶。

鲸鱼大王笑着对大伙儿说:"咱们的快乐王子是一只会飞的河豚呢!"

从 1 + 9 到 10 + 0

钱吕明

　　"1+9",何谓也? 这得从我个人关于河豚的记忆说起。

　　自打记事时起直至而立之年,我素未吃过河豚;我所拥有的是关于河豚的令人恐惧的记忆。

　　20 世纪"三年自然灾害"时期,大约是 1963 年,虚岁只有 6 岁的我,不知跟着什么人到一个被称作高家湾的生产小队的一户人家看"稀奇"。只见一位老太太佝偻着从屋里走出来,一手按在胸前,重复着一句:"我不得过噢! 我不得过噢!"(方言,"活不下去了"之意)原来,这户人家的大男孩在水中发现了一些漂浮的鱼子,饥饿难忍的孩子赶忙捞回家,却不料捞回的竟是河豚子,家里的几个孩子误食后随即中毒身亡,只有还在吃奶的孩子幸免于难。

　　于是,恐惧,对河豚的恐惧,一下子盘踞了我幼小的心灵。

　　不知是不是为了淡化我对河豚的恐惧,双目失明的祖母给我讲了一个扬中人耳熟能详的故事。说是一位家境极穷、无以为生的单身老婆婆,决计一死了之,于是买了一条河豚,也不将河豚身上的各种有毒器官取出清洗,便径直将纺车劈柴煨煮河豚,待柴燃尽,河豚下肚,竟然不死——原来长时间的煨煮已将毒素分解干净。幼时的我并没有怀疑故事的真实性，只是在为老婆婆的尴尬处境担忧的同时，反而增添了对河豚的恐惧。

后来，又陆陆续续听到了一些吃河豚中毒身亡的事例，便查找有关资料，想弄清楚河豚之毒何以如此厉害。不查不要紧，一查，恐惧感立即呈几何级数上升。原来河豚的毒素（TTX）是一种神经毒素，人只要摄入豚毒0.5～3mg 就能致死。河豚毒素耐热，100℃的高温下 8 个小时都不被破除，120℃的条件下 1 小时才能破除，盐腌、日晒均不能破除其毒素。有人曾测定过河豚毒素的毒性，竟然相当于剧毒药品氰化钠的 1 250 倍。河豚最毒的部分是卵、肝脏，其次是肾脏、血液、眼、鳃和皮肤。河豚毒能使人神经麻痹、呕吐、四肢发冷，进而心跳和呼吸停止。因而每当我听到别人描述河豚如何如何美味的时候，从未有过垂涎欲滴的感觉。

到县城工作之后，我竟然有机会而且有时竟至于必须品尝河豚了。那是怎样的难受和不自在啊！一边是主人的殷殷盛情，一边是我胆战心惊、如履薄冰的惶恐。最美味的部分夹在我的碗里，加意相劝，我却迟迟不敢下箸。"一家烧河豚，家家闻香味"，"不吃河豚知百味，吃了河豚百味无"——朋友们的思想工作并没有打消我的顾虑，直至饭局终了，我才勉强夹了一丁点放在嘴里，放凉的河豚肉，全不觉有何鲜美，终于没有咽下，而是悄悄将其吐在餐巾纸里。现在想来，真的是暴殄天物，但在当时，我真的是无法逾越自身的心理障碍。即便河豚鲜美至极，无奈心中的巨大恐惧关闭了全部味蕾，避之唯恐不及，河豚美味的诱惑力便自然而然一再缩小至毫不起眼的"1"，而长期形成的对河豚的恐惧却膨胀为遮天蔽日的"9"，"1"与"9"的对峙，让我如何甘其味而食其肉？

后来我终于吃了一回河豚。同桌一位德高望重的长者，想尽办法做我的思想工作，一曰食河豚中毒，当在食后 15～30 分钟之间发作，半小时过去没事，便绝对没事；二曰河豚养胃，春天吃一回河豚，一年不闹胃病；三曰店家大师傅经验丰富，绝对可以信赖；等等，不一而足。接着又让服务员将剩余的河豚端去加热。到了这一地步，我实在被逼无奈，只得将心一横，大吃而特吃，鲜美的感觉的确很难用语言表达，天下至味确非虚言，原先对"拼死吃河豚"一说颇不以为然，现在终于有点儿理解了；但中毒的感觉似乎也

隐约出现了，感觉嘴有点麻，心脏有点憋闷，却又不好意思说出来。回家躺在床上，不敢立即入睡，直至眼皮打架，方才一觉睡到天亮，赶忙起床，发现昨晚的所有不适已经了无踪影。

但心理障碍并未就此排除，面对香喷喷的河豚，依旧很难如面对青菜、萝卜、红烧肉一般坦然下箸，常常是磨磨蹭蹭地待别人吃完，我碗里的河豚还是原封未动。等到确定无疑没有危险，我又消去了吃的勇气了。因为此时有一种感觉萦绕心头，挥之不去，似乎别人都在为我试吃。这样一想，自己的人格便大有问题——我有什么资格、什么权利让他人为我试吃呢？内心纠结的结果是：干脆宣布，我不吃河豚。

可最近几年，我心中的阴影居然于不知不觉间消逝无痕了，简直就像深秋时节万里无云的蓝天，密雨淋浴过后的草原，瀑布冲刷过的山峦，却又看不出"洗"的痕迹，似乎天生如此。原先膨胀到极致的恐惧感，似乎眨眼之间化为乌有，留存的，只有天地悠悠唯此独美的显意识与潜意识。原本毫不起眼的"1"，现在是身价陡增；原本笼盖四野的"9"，现在是烟消云散。如今面对令人垂涎的河豚，如果我没有率先下箸，多半是出于对长者的礼让，或者是对后生晚辈的关爱。目前的我，竟至于对河豚汤情有独钟，无论主食是面条还是米饭，我都要倒一点河豚汤，扒拉一口，鲜香满口，那种鲜美劲儿，无与伦比。

我常常想，从"1＋9"到"10＋0"，这一过程的转换，到底是如何实现的呢？也许是成功参与举办过八次全国性的江鲜河豚美食节？也许是扬中荣获了"中国河豚美食之乡"、"中国河豚烹饪科研基地"的殊荣？也许是扬中拥有一批海内外一流的河豚烹饪大师？也许是扬中人掌握了独特的烹饪秘技，可以对河豚进行无毒化处理，使河豚所有部位，包括河豚肝、河豚子都能食用，让所有的人都能放心地吃，大胆地吃，毫无顾忌地吃？也许是全国各地涌到扬中品尝河豚美味的食客已达几十万，却不见一例安全事故的事实使我安心？

理由可以找出许多条，哪一条最重要，一时还真的说不清楚。但有一点是肯定的，那就是经济发展了，科技进步了，社会文明化程度提高了，小小的扬中岛确实已稳执河豚文化之牛耳。

写到这里，我突然想到苏轼的两句诗："云散月明谁点缀？天容海色本澄清。"是啊，我对河豚的恐惧，是那个时代的乌云在我心灵上的投影。世易时移，往日的乌云早已消散殆尽，天朗气清，艳阳高照，我的心灵变得一片澄明，不亦宜乎！

话说河豚

王文咏

（相声）

甲：今天我们又在这儿见面了。

乙：上次是在第八届江鲜美食节上，俗话说，好人多相会啊！不过，这次重逢，感觉你变胖了。

甲：生活水平高了，猪肉都涨价了，胖子更值钱了，胖男人更有魅力了。

乙：我今天终于知道你和猪是同类了。

甲：你们才同类呢！

乙：是不是上次在扬中吃河豚回去之后就发福了？

甲：是啊，江鲜滋养人。我告诉爱人，说扬中的河豚很鲜美，她也闹着要来，我说不能带你来，万一吃胖了，就不好看了。

乙：杨贵妃不也是四大美女之一吗？你这是找理由不想带老婆来吧？是不是舍不得花钱啊？

甲：没有没有，你看我像是舍不得花钱的人吗？我啊，一直视金钱如粪土。

乙：那你给我点"粪土"。

甲：嗨，有这么给的吗？我是怕老婆吃河豚吃得上了瘾。我就是一个例子,回去之后就一直惦记着今年的河豚美食节呢!

乙:好嘛,为这都干等了一年了。

甲:可不是嘛!

乙:所以这次又参加河豚美食节来了?

甲:这次啊,我还带了人来了。

乙:我说呢,不肯带老婆来,原来是有猫腻了。嫂子啊,我替你感到不平啊!

甲:就我这模样,别人都说能辟邪,哪里有猫腻呢!我呀,这次带的是客户。

乙:让他们也来尝尝鲜。

甲:他们听说河豚这玩意儿有毒,可人家海外使节都特意跑到扬中来吃河豚了,所以也就没有顾虑了,就当寻求点刺激也好。

乙:以前是有"拼死吃河豚"这一说法,河豚有剧毒,人们都不敢吃,怕出人命。

甲:可现在呀,扬中烧河豚的大师傅都是经过专业培训的,根本不用担心吃出人命来。

乙:看来你对扬中的河豚还挺了解的。

甲:我不仅了解河豚的现在,还知道它的过去。

乙:你肺活量是多少啊?能把牛皮吹得这么大?

甲:你不信?

乙:信,信,信!你都好意思撒谎了,我哪敢好意思不信呢?

甲:看来你还是在怀疑我,那我就先说说这"拼死吃河豚"吧。

乙:嗬,看你这架势,还真像是有两把刷子。那你说吧,我洗耳恭听。

甲:从《山海经》那时起,到后来宋朝的苏东坡、梅尧臣,一直到21世纪的今天,不知有多少人前赴后继地冒着生命危险"拼死吃河豚",用生命的代价体验那种心理和生理的双重刺激。

乙:说得真有专业水准。这河豚的味道就这么鲜美、这么有诱惑力?

甲:河豚是"鱼中之王",是天下第一美味。

乙:天下第一?我看是天下第一剧毒吧?这河豚有毒哎,你说怎么办?

甲:河豚是有剧毒,其中河豚子毒性最大。在民间也流传着这样的俗

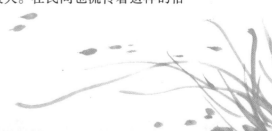

语："吃河豚子——找死"，"拼死也要吃河豚,快死就吃河豚子"。

乙：哎哟,要送命呢! 你说得不错,确实有这样的说法。

甲：据说,只要吃 25 粒鲜河豚子,就会当场一命呜呼。

乙：想吃河豚的人,伤不起,伤不起啊! 这河豚子确实毒性很大,看来是没法吃了。

甲：起初,一些大饭店都是用生石灰呛河豚子,这样既不卫生,也不安全,不新鲜不说,还破坏了它的营养结构,而且做干河豚子要等一年之后才能食用。

乙：等这么久? 时间太长了! 谁能 hold 住啊?

甲：可扬中人聪明啊,他们有办法。

乙：扬中人聪明这话倒不假,聪明用在别的地方还可以,可这人命关天的事不是儿戏。

甲：有一次,一位厨师看到一本《本草纲目》,刚好翻到中草药解毒这个篇章,激发了灵感。

乙：看来这下他有办法了。

甲：他闭门修炼"独门解药",用了 800 多只母鸡做试验。

乙：这么多啊! 确实花大工夫了。可怜这些鸡了。

甲：当用到第 867 只母鸡做试验的时候,母鸡食用了他处理过的鲜河豚子后安然无恙。

乙：看来有成效了。不过,这母鸡能吃,哪能代表人也可以吃呢?

甲：说得不错。这个厨师第一次吃了自己制作的鲜河豚子后,很快就出现了中毒反应。

乙：这下子出大事了,闯大祸了!

甲：好在他采用的是循序渐进的试验方法,一次性食用的量不多,之后他迅速喝下自己配制的中草药,很快就奇迹般地好转了。

乙：刚才被你一说,我心都提到喉咙口了。没事就好,没事就好。看来扬中人为了研究河豚花了不少心血啊,甚至可以说是在用生命做赌注!

甲：这话说得一点儿不错,扬中人精神可嘉。

乙：现在好了,扬中的河豚在全世界都有名气了。我在很多电视节目和报纸上都看到了。

甲：是的，海内外有上百家媒体对扬中的河豚进行了宣传报道。

乙：扬中河豚甲天下，名不虚传。不过，我有一点不明白，扬中就这么一点儿大，哪里来的这么多河豚呢？

甲：镇江的焦山你知道吗？

乙：知道啊！金山、焦山、北固山，这就是镇江"三山"嘛！这焦山与扬中的河豚有什么关系呀？

甲：长江在流过"中流砥柱"的焦山之后，江面豁然开朗，水流变得平缓而宽阔，而扬中岛原本是这段江面上的一个冲击洲。自然的造化使这里平坦的江面和湿地成了小鱼小虾们的乐土，因而这里也就成了从海里洄游来的河豚们最好的产房。

乙：哦，难怪！

甲：去年，来自28个国家的驻华使节和夫人在扬中市的东新港码头放流了2 000余条河豚和20 000余条长江珍贵鱼种。

乙：这也算是一种投资了。扬中不愧是名副其实的全国江鲜菜之乡、河豚美食之乡。

甲：别的地方的河豚是不能和扬中的河豚媲美的，其他城市都羡慕着呢！

乙：难道扬中河豚有粉丝了？

甲：还开了微博，点击率老高了。

乙：真潮，都开上微博了！

甲：特别是那些想躺在席梦思上数钞票的人，现在老盯着我们看呢！

乙：看什么啊？

甲：河豚经济啊！

乙：这河豚出经济效益了？

甲：必须的！你信或者不信，反正我信了。

乙：难怪这次你邀请客户过来了，带他们参加河豚美食节，一定能更好地增进双方的友谊。

甲：是的，我的很多同事都是在美食节期间签下大笔订单的。

乙：哦，河豚究竟能给扬中带来多大的经济效益呢？

甲：在扬中，你随处可见挂着"河豚"招牌的饭店。

乙：已经很普及了，这些饭店生意一定很火了。

甲：那是当然的，餐饮带动了消费市场。

乙：看来这"中国江鲜菜之乡"、"中国河豚美食之乡"的品牌效应，拉动了扬中经济增长，惠及了民生。

甲：是的，扬中以河豚为前提，串起了一条集"渔、工、贸、种、养"为一体的新兴产业链。全市年捕捞量超过 1 000 吨，为农民带来直接经济效益超过 1 亿元。

乙：这么多？太可观了！

甲：还不光是这些，扬中也已经成为全国河豚交易的集散地和华东最大的江鲜水产交易中心，每年 3 月至 5 月市场成交额达 2 亿元，全年成交额超过 6 亿元，交易半径覆盖了全国大多数省份。

乙：带来的经济效益实在是叹为观止！

甲：扬中还办起了华东最大的江鲜水产交易中心，全国 90% 以上的河豚从这里中转，远销海内外。

乙：哇，全国 90% 的河豚从这里中转？太牛了！

甲：从与河豚养殖有关的咸秧草高档礼盒到"打包河豚"，"外带经济"蓬勃兴起，扬中农民每年可增收 4 亿元，进一步刷新了"扬中河豚"特色这张城市名片。

乙：扬中人真了不起！厉害！看你知识面很广，对扬中的河豚了解得不少嘛！

甲：你客气了，一点儿皮毛而已。

乙：你看，像你这样常吃河豚的人长得多青春啊！

甲：还青春呢，都立秋了。不过，吃河豚确实能延年益寿，你只要和我一样坚持每年吃河豚，就一定能长寿。

乙：这个我信。

甲：信了就好，只要你坚持每年吃河豚，我还能算出你能活多久。

乙：你有这么神机妙算？

甲：很多吃过河豚的人都在我这儿算过命，100% 准确。

乙：太夸张了！你，你可不允许搞封建迷信啊，在座的这么多领导呢！

甲：真的，不骗你，这也不是什么封建迷信，你看看我算得准不准就行。

乙：那你说说我能活多大岁数呀？

甲：先说好了，如果我算得准，你今天请我下馆子，吃河豚。

乙：好，一言为定！

甲：你听好了，你这个人心眼好，俗话说，好人有好报。我今天给你算上一卦——

乙：我能活到多少岁？

甲：你能活到死！

乙：去你的吧。

河豚轶事

周祥贵

　　"长江三鲜"本来并不为扬中所独有，沿江的南通市、江阴市等都有河豚之乡的盛名，可唯有扬中将河豚美食发展成一个产业、一种文化，将扬中推向了全国河豚美食之乡的高境界。

　　美中不足的是，现在真正的长江河豚已少之又少了。每每说到长江河豚，就勾起我曾经和一对渔民夫妇一起捕河豚与品尝河豚的美好往事。

　　那是一个偶然的机会，我有幸和渔民们一起出江捕河豚。

　　开始涨潮了，一只只船儿射出港口。我坐的那条船只有一对老夫妇和一条黑狗。大娘在后舱划桨，黑狗开始不信任地在我腿上嗅嗅，然后就和大伯一起蹲到船头去了。大伯告诉我："现在天气还冷，鱼儿少。昨天两潮弄了二三斤刀鱼，一靠岸就被买主抢光了。河豚更贵，捕一条不容易，太少！"说着，船已到了一杆竹标旁。"怎么看不见网和浮子？""我们用的是渔钩，浮子在水下呢。""那钩子呢？""渔钩沉在江底。"大伯做着手势。"年纪大了，只能放三道钩，就三道也一万多把呢。""一万多把？那不是等于在水下砌了一道墙吗？""不砌墙怎么捉到鱼？"说完，大伯便跪在船帮上，开始排钩了。排钩就是把水底的渔钩一把把拎上来，有鱼就捉住，没有，便还把钩子放下去。

大娘划桨，大伯排钩，狗蹲在船头，尾巴扫着船板，两眼盯着大伯手中的渔钩。船儿慢慢地有节奏地朝江心驶去。

风渐渐大了，哗哗地从天际涌来一江的浪。浪，越卷越高，船儿，一片柳叶似的随浪颠簸，一下子船头高高昂起，直飞浪巅；一下子又翩然下降钻进谷底，船尾翘上天，一上一下直颠得人发晕，坐也坐不稳。看看四周，其他的船也似一片片柳叶，一会儿埋进沟谷，一会儿又被狠狠地抛向峰顶。水，变成了黄色，远看，水天相接，太阳也被染上一层淡黄色。天地间茫茫一片。大自然这么桀骜不驯，小小的船儿活像顽童手里的一只蜻蜓，任凭扭捏、摔打。我心里不禁有些发慌，大伯弯下腰去，继续排他的钩，任波颠浪打，岿然不动。我看看狗，狗伏了下去，还是双目注视着老人的手，神奇的是尾巴还在空中悠悠地晃着。后舱，大娘整个身子压在桨上，一前一后地奋力划着，紧张、沉着，将船一步一步稳稳地向前推进，应着前舱的动作。我的胆子也壮了起来，急忙拿起桨，帮起忙来。因为我看到了大伯大娘那刚劲有力的手和坚定自信的目光，看到了人类能够战胜自然的力量。

小小的船儿在风浪里颠簸着，一个小时，两个小时……

开始第三次排钩了，前两次只收获五六条刀鱼，连河豚的影子也没见到。我有些泄气了，老人的收获和付出太不平衡了。第三道钩也快排完了，连刀鱼也没有再见到过。几乎在没一点希望的时候，啊哈，一条圆嘟嘟的河豚真的到了大伯手上，正脱钩，可猛然一个浪打来，船头高高竖起，紧接着又被重重地摔进谷底。大肚子河豚用力一甩尾巴，就要挣脱了。狗，倏地向前一蹿，四脚扒住船帮，头伸到江水里，一口咬住了河豚的尾巴，大伯双手闪电般一抄，在水面上将河豚紧紧卡住，两把鱼钩深深地扎进他的手指，鲜血立即染红了双手，又一个浪打来，血被冲洗干净，又被染红……可大伯没有松手，十根梨树枝似的指头敏捷地操作着。钩脱手了，鱼进舱了，大伯还是像先前一样跪着，一切还是那么协调，和谐。狗，看着舱里那条蹦跳着的河豚，高高地竖起尾巴，摇晃着。

不管鱼多少，我们三人算是凯旋而归了。这次所有出江的船只有我们这条船捕到了一条河豚！大伯捉起河豚要杀，我一把按住他的手："您别动，还是留着卖吧。"大伯看着我，目光炯炯地说："我就短这几个钱？船上的规矩,来了客人得吃饭,你看不起我们,不赏脸,现在就走吧!"话,火爆爆的,却带着一股诚挚的情感。

我留下了。大伯收拾着河豚,高兴得连连叫着老婆子忙这弄那,紫铜色的脸上绽放着孩童般的光。大娘却把全部的喜悦用在手上,将碗筷忙得叮当响。狗围着大娘的腿,这儿闻闻,那儿嗅嗅。

马上就要尝到河豚的味道了,心里自有一种美感,可我又担着心思。剥蛇似的将皮一拉,鱼子一拖,这儿一抠,那儿一剜,在水里三荡两荡就下锅了。只用了不到三分钟!记得人们曾说过,杀河豚得很小心,眼睛、子、血得洗干净,特别是子不能搞破,否则鱼子到处钻,很难洗净,锅里只要有一粒子就会出危险。一般人杀一条河豚得半个小时呐!大娘则将锅子烧得"丝啦丝啦"地响,等着河豚下锅。听说煮河豚也有许多讲究,肉不能烧焦,否则吃了就会死;铲子得放进锅里一同煮,假如有一点点生血的话,吃了也要死。真是九死一生。而现在俩老人又是这么不当回事,看来我今天得准备舍命了!

我坐在前舱,不大一会儿,大娘就把一盆香喷喷的河豚端过来了。看着烧得黄黄的河豚,我都快流口水了,可就是不敢下筷子。大伯好像看出我的心思。"哈……来,没事。"说着,就挟了一筷子慢慢品尝起来。"来来来,保你没事。"大伯用筷子点点碗沿。看着老人那么自信,我挟了一块肉,没吃,闻了闻,有一丝淡淡的清香,像秋收后田野的雾,举远点看看,那肉雪白,像蓝天下的一朵白云。慢慢送进口一尝,十分的鲜,非常的嫩。"吃吧,没有事的。"大娘见我吃了,又挟一块送到我碗里,怂恿着。"大伯,您杀河豚怎么那么快?""噢,哈哈……难怪你不敢吃呀。放心,这是老天吩咐过的,河豚不毒打鱼人。其实杀河豚也没什么,几样要紧的东西一除,放心好了。也有人把河豚杀好了一腌,隔年拿出来吃。那样是保险了,可那就不是河豚味儿了!只有这活蹦乱跳的,才来劲!噢,你看我光顾说话了,来,吃吃吃。这河豚皮,你尝尝看。"老人口到手到,早挟了一大块送到我面前。河豚皮,此时看去还满是刺,黄褐色,样子吓人,可一到嘴里,轻轻一抿,呵!只觉得满嘴的香肥鲜嫩,直透肺腑,慢慢吞下肚,简直是人间美味。此时我才明白,难怪在外地工作的扬中人每到河豚时节常常要赶回家乡吃上一顿河豚!难怪人们为了吃河豚而愿意舍命!我想,人类自从生活在这块土地上起，就是为了追求美、创造美、享受美而奋斗。而需要用生命去追求的美则更深沉、热烈，虽然人们常为此付出代价，但并不因此退却，正像人们在征服大自然中付出代价并不止步一样。

不知什么时候，狗也到了前舱，摇着尾巴在听我们说话，用它那汗涔涔的鼻子在盆边嗅嗅，但始终不挨盆子。我急忙挟一块肉给它，看着它不慌不忙地吃下去。大伯伸出手，一把把狗拉过去，摁趴下，摸抚着，"这东西蛮有灵性，要紧关头常常帮上忙。"狗似乎听懂了主人的称赞，尾巴甩得更欢了。"只要有人吃的，总少不了它一份。"

小小船舱，坐着还难直起头，我们的心却畅快、宽阔得像大海一样。

我终于也尝过了河豚的味道。饭后，那股鲜美还久久地留在心里。不过，我觉得更美的还是渔民们为人类创造美的生活和他们征服大自然的意志与勇敢。辞别两位老人时，他们正忙着准备赶晚潮，只站在船舱朝我笑笑，说一声"再来玩！"就又弯下腰忙去了。

狗呢？站在船头，看着长江里的白帆，悠然地晃动着黑色的尾巴。

彭城徐金盆的新坝河豚缘

常　征

（民间故事）

　　清末民初的时候,徐州彭城路中段路东,住着一户姓徐的大户人家,祖上靠做烟草生意发了家,后来又开了个柳箱厂。那个时候,人们大凡外出学生意或者上学都要拎一只藤柳箱,用来装衣服、书籍之类,所以徐家柳箱厂的生意倒也兴旺。

　　徐家两代招婿,继承家业。到了第三代,却生了个胖小子,取名徐来宝。由于几代无子,全家对这个孩子宠爱有加,孩子一生下来,就用金盆洗澡,长大后,乡亲们不喊他徐来宝,也不喊他徐少爷,都喜欢叫他徐金盆。久而久之,徐金盆这个名字就出了名。徐金盆成家不久,父母便相继去世,经营家业的担子全落在他的肩上,有人说富人家的子孙都是纨裤子弟和败家子,其实不然,徐金盆就是继承家业、发展家业的好后代。

　　藤柳箱的原料是白柳条(即刮净柳皮的柳条),父亲去世后,他每年不是跑旱路就是走水路,到长江下游进白柳条。

　　他第一次到江南进货是到江阴,在江南客栈住下后,他到隔壁的仙来饭店吃饭,一进店便闻到一股扑鼻的香味,这种香味使人食欲大增。因为他经常外出,进饭店是常有的事,于是他好奇地问了店小二是什么味道这么好闻,店小二告诉他店里在烧河豚,是江阴某镇的张财主烧来请客的。徐金盆小时候上私塾时曾读到过宋代大诗人苏轼写的一首诗:"竹外桃花三两枝,春江水暖鸭先知。蒌蒿满地芦芽短,正是河豚欲上时",知道世上有河豚这种鱼,至于河豚长什么样还从未见过,更不用说品尝了。这店小二一听他是外乡口音,便产生了欺客的念头,替他杀了一只母河豚烧了,品尝时的感觉自不必言表。

他抹抹嘴回到客栈,正巧遇到扬中新坝四十二家的生意人李昌友住店,便相互聊了起来,李昌友对徐金盆说:"今天遇到我算你有运气。你说的吃河豚也好,买白条也罢,算你找对人了,从江阴向镇江方向不远有一个江中孤岛叫太平洲,又称扬中。那里四面环江,江滩特多,江滩上的柳条发身高而细,由于靠长江水生长,故又称混水柳条,质量特好,再说那里的河豚不但品种多,而且数量也多,连小孩子钓鱼也能钓到河豚。"徐金盆听他这么一说,便问他何时返乡,想要一道前往,省得多走冤枉路。李昌友告诉徐金盆在江阴还有一些事要办,再有两三天就可回去。谁知徐金盆就在店里睡了三天,硬等和李昌友一起到太平洲去。

清明前后,正是扬中境内皮柳脱白(刮柳)的农忙时候,徐金盆在李昌友的帮助下,联系了30担货源。在等货期间,李昌友陪他到新坝的和聚饭店吃了两次河豚,这两次吃的河豚自然是公河豚,第一次是用本地的燕笋烧的,第二次是用秧草烧的。徐金盆吃后发了呆,为什么呢?因为他在江阴吃的河豚,其味虽美,却远不如现在吃的河豚。有比较才有鉴别,他总感到扬中的河豚味道更胜一筹。特别是河豚肋,嫩得就像豆腐脑一样,且肥而不腻。徐金盆便向李昌友问其详。

李昌友便告诉他,长江中的河豚种类很多,如虫蚊豚、了斑豚、暗色豚和条纹豚等。鱼鳍部分有一点橘红的叫橘红豚,别看多了这么一点红,身价就要高好几倍。

太平洲距离长江入海口200多公里,每年初春,河豚都要从咸水区域游到淡水区域产卵。太平洲这地方四边环江,江岸线有120多公里,江面宽阔,水流平缓,浅滩延伸远,饵料丰富,江岸浅滩上的小鱼、小虾、贝壳甚多,是河豚觅食的好去处;而且自古就有河豚溯游到镇江焦山便不食待产之说,太平洲离焦山不过几十里,所以说游到这里的河豚是最肥的,特别在黄三套和西沙嘴捕获的河豚,更是肉质细嫩,蛋白质极为丰富,河豚肋比任何地方都大都嫩,"西施乳"极多。

徐金盆装好货欲回时,李昌友还在家烧了一次河豚,顺便教他怎样杀怎样烧河豚,叮嘱他不能马虎。徐金盆回家后,对吃河豚着了迷,加上他知道了怎样宰杀和烧煮河豚,急着要一试。于是,派人到新坝四十二家找李昌友买河豚,自己学着李昌友的方法烹制,却又不敢先食,因为他知道,吃河豚弄不好会死人的。于是,便从锅里盛了一条送给家里的丫环樱桃先尝。送鱼的佣人暗示樱桃,徐金盆这是让她试吃,谁知樱桃一见这河豚便泪如雨下,勾起了往日的辛酸。

原来樱桃是邗江(与太平洲西沙只有一江之隔)人,幼小时被人贩子拐卖到徐州,她自然知道河豚的厉害。这时她想起了奶奶给她讲的一个关于河豚的故事:从前有一位老奶奶,没儿没女,生活无着落,自己不想过了,就买了一只河豚,不杀不洗放在锅里,把仅有的财产———一架棉花纺车拆掉,劈成柴火准备用来烧河豚。晚上,老奶奶穿好衣裳,吃完河豚便躺在床上等死,谁知第二天她却安然无恙。

樱桃想,河豚烧得时间长了,也就没有毒了,何况送给她尝的河豚还杀洗过才烧的,樱桃把这碗河豚端到徐金盆面前,问清楚杀、洗、净泡和烹制的过程后,便大胆地吃了。所幸无事,徐金盆自然高兴,因为他烧河豚的方法成功了。

从此以后,每年的清时节前,徐金盆都要到新坝收购白柳条,总要吃几回河豚,四十二家的李昌友成了他的挚交。直到1978年,徐金盆96岁去世后才断了来往。樱桃后来嫁给徐家的轿夫李树的儿子为妻,活到78岁,晚年还常对后人讲起她这段吃河豚的故事。

河豚报信

杨祥生

（童话）

很久以前的阳春三月，扬子江下游鱼族中发生了一场恶战，尸体遍地，血水染红了江面。刚溯江而上的河豚妹妹吓得不知所措，慌忙逃跑。

"妈呀——"突然传来一声揪人心扉的呻吟，她立即意识到有伤者，就蹑手蹑脚地循着声音寻找。见到伤者，她吓得心怦怦直跳，她平生第一次见到这么惨的人：脸色苍白如纸，四肢中了多箭，衣襟被鲜血渗透了，浑身抽搐不止。"你是谁?"她惶恐地问道。"我是花鲤，被恶魔打、打伤的。"一阵急咳，花鲤大口吐着血。

河豚妹妹全明白了，花鲤是江王的小妹，看来惨败的这方定是江王无疑。她急忙上前扶住花鲤，轻轻抚摸她的胸口："花鲤大姑，您伤得太重了，您千万别动，我给您找医生!"花鲤一把抓住河豚妹妹的手，长吁短叹道："你别走，我不行喽! 我有话给你说，我看你是个善良、聪明的姑娘，你能不能帮我一个忙?"花鲤瞪大双眸，欲言又止。河豚妹妹急不可耐地说："花鲤大姑，我叫河豚妹妹，您只要相信我，别说帮一个忙，就是帮一百个忙我也愿意!"花鲤露出了笑容，"谢谢!"接着就讲起事情的经过——

一天，风平浪静的扬子江畔来了一群凶神恶煞，领头的叫五臂大蛟，他

们欺压百姓，无恶不作，群情激奋。江王几次重拳出击，打得他们四处逃窜。然而，在一个月黑风高的夜晚，那群恶棍偷袭了江宫，杀死了江王，捕杀了江王九族，然后取代江王，实行黑暗统治。花鲤侥幸逃出魔爪，却身负重伤，不可能报仇雪恨，想请河豚妹妹到东海龙王那里报信，请他出兵伐贼……

花鲤说到这里又吐了一滩血，说："河豚好姑娘，实在对不起，让你报信是险棋，山高水深，路途遥远，沿江有四大关口，由五臂大蛟的四员虎将把守，随时随地都会掉脑袋，你怕不怕？"河豚妹妹平时愤世嫉俗，此时更是初生牛犊不怕虎，她举手发誓说："请花鲤大姑放心，就是上刀山下火海，我也一定将信送到！"

花鲤笑了，可笑得比哭还难看。她又讲了报信的有关事项，这才从胸口掏出象牙大的信件，断断续续地嘱咐道："这信比命还重要，千万不能落、落入恶魔手……"她头一歪，两眼闭得紧紧的。

河豚妹妹大哭了一场，将花鲤埋好，小心翼翼地藏好信，怀着一腔怒火，踏上前往东海的征程。

"站住，这是篱笆关，回去！"一声巨响从天而降，一个毛团团的黑铁塔跃出，手挥钉耙，杀气腾腾。河豚妹妹大惊失色，不好，遇到了黑江猪这个害人精。她拍了拍狂跳的心，"别怕，我自有办法。"她摆出一副战战兢兢的样子："唷，是黑江猪大伯，可把您家小侄女吓坏喽！"黑江猪丈二和尚摸不着头脑，用长鼻子哼了几下："小侄女？是我家的？"她喟然长叹道："大伯高升了，把小侄女都丢在脑后了，也怪小侄女没有上门送礼。"顿了顿又说："大伯，我是河豚妹妹，豚不是小猪吗？按辈分我应该叫您大伯，您在上，我给您赔礼了！"她啪地拜下。黑江猪受宠若惊："噢，是这样啊，怪大伯有眼无珠，快起来说话。"

一家人不说两家话，黑江猪眼睛眨也不眨一下，就送河豚妹妹出了篱笆关。

这样一折腾，耽误了不少时辰，河豚妹妹心急如焚，马不停蹄地加速前进。转眼又近傍晚，一道城墙挡在前面，城门紧闭，"石头墙关"四个大字格外刺目。她仔细打量，发现城门四周十分宁静，只有螳螂一人把关。他虽手挥大刀，神气活现，却疲惫乏力，呵欠不断，不时伸着懒腰。河豚妹妹灵机一动,计上心来,昂着头,唱着山歌,慢悠悠地迎了上去。"站住,不准向前!"螳螂吆喝着。河豚妹妹毫不畏惧:"螳螂将军,您别吓人,河豚妹妹是来给您做做伴的。"螳螂瞪大眼睛:"您愿意给我做伴儿?""是的,你看,这鬼地方树都不长一棵,您孤零零的一个人日晒露宿多辛苦,我陪您说说话好不好?"螳螂喜出望外:"我累极了,你替我站会儿岗!"他抱着刀偎在门框旁就睡,呼声如雷贯耳。河豚妹妹大摇大摆地走出了石头墙关。

又经过了半个多月的日夜兼程,河豚妹妹来到沼泽关。关口半躺着双头鳝,张开着血盆大口,令人望而生畏。河豚妹妹记住花鲤说过的话"别怕,双头鳝害怕鞭炮"。她立即安排结伴而行的伙伴买了很多鞭炮,隐藏在城门前的高坡上。夜幕一降,她高喊一声:"放!"数百只鞭炮齐放,震耳欲聋,火光冲天。吓得双头鳝抱头逃窜。她趁机过了沼泽关。

这下,河豚妹妹大喘了一口气,眼看就要胜利在望了。不过,她还是不敢懈怠,她清楚,最后一关是鬼门关,把手的是钉螺,号称"吸血鬼"。她边走边思考如何过那鬼门关。果真如此,鬼门关敞开着,钉螺双手举剑,刀光闪闪,两只眼贼亮贼亮的;长舌一伸一缩,喷出一束束火花。河豚妹妹猛然将左手举得高高的,露出雪白皎洁的手臂,神态姹紫嫣红地说:"钉螺将军,您太辛苦啰,河豚妹妹给您送好吃的来了。"钉螺嗜血成性,一蹦三尺,搂住她的手臂就吮血,吮了一会儿,就一堵墙似的倒下死了。殊不知,河豚妹妹的血是隐形杀手,有剧毒,只要沾一丁点儿就要当场毙命。

河豚妹妹露出了胜利的微笑,大步流星地走出鬼门关。

"不好!"她感到头昏目眩,胸口憋闷,额头上冒出了黄豆般的汗珠。她知道自己的血被钉螺吮多了,生命垂危。她暗暗告诫自己:千万不能倒,一倒下就前功尽弃了。她咬紧牙关,踉踉跄跄地走到东海边,见到一群巡逻兵便大喊:"我是来给龙王报信的,有紧急情况……"话没喊完,她就不省人事了。

等到再次睁开眼,河豚妹妹发现自己竟躺在一个金碧辉煌的大厅的椅子上,周围站着一群穿官服的人,正中龙椅上坐着一位龙须飘逸的老人,想必是龙王。她一骨碌坐起。龙王问道:"你报的何信?"她从发髻里掏出信递上,一名侍卫接过信传给龙王。

龙王一看拍案大怒,急令鳖元帅率领虾兵蟹将奔赴扬子江捉拿凶手,将妖孽一网打尽。

龙王处理完信件,郑重宣布:"河豚妹妹报信有功,本王任命她为扬子江王,翌日可赴任!"不料河豚妹妹直摇头,"谢谢大王厚封!小女实难从命,小女只想过平淡的生活,往后相夫教子,传播江鲜。"

龙王大惑不解地问:"你不想为官,是想图财吧?本宫到处皆是金银财宝,山珍奇玉,你想要啥?"

河豚妹妹又摇了摇头说:"财是身外之物,小女也不图!小女有一事相求,请大王开禁令,凡有水的地方我都能去。"

龙王挺爽快:"好!本王再赐给你一个美名——江鲜之冠。"并对司务大臣下令:"晚上设宴招待河豚妹妹!"

河豚妹妹婉言谢绝了龙王的盛情款待,唱着歌飞身潜入水中,那悦耳动听的歌声久久回荡:我是大江小河豚,助人为乐是本能,风口浪尖敢翻腾,愿将鲜美世上屯。

扬中河豚美食节赋

朱圣福

　　噫！河豚剧毒，千倍于氰化钠；毫克微量，顷刻间把人杀。然祛毒烹煮，鲜嫩肥美，百味俱在其下；虽时移地易，余香萦心，念想时时生发。是故千古悠悠，食客衮衮，啖尝之际，褒奖有加。宋人严有翼，致"水族奇味"盛赞；同代苏子瞻，作"值那一死"豪夸。梅尧臣诘"皆言美无度，谁谓死如麻"；洪景伯喟一拥千百尾，城中虚鱼虾①……

　　嘻！扬子江中，盛产河豚，尤以扬中，品质绝佳。究其原委，地利之故，洄游至此，已毕吐纳②。天赐尤物，岂可不珍，喜我邑人，精于烹杀。或煮或蒸，或熘或炸。红烧则滑而不腻，白煨则粹而无杂；色香味形咸备，口感营养俱雅。他人疏淡物，为我锦上花。何云"拼死吃"，技高人胆大。

　　时语曰：找抓手、抢先手、施巧手、造推手，乃发展之妙道也。扬中政要，深得精华。世纪之初，运筹谋划：发展江鲜产业，打造江鲜文化；培育经济增长极，提升品牌含金量。方略既定，阔步进发；高招迭出，大笔挥洒。

---

　　① 　原诗为："一拥河豚千百尾，城中虚却鱼虾市。"
　　② 　"吐"指尽释盐分，"纳"指饱食鱼虾。

九载时短成效卓,扬中河豚名天下。

首事扶助养殖业,"江鲜登陆"开新葩。狂捕滥捞,水质恶化,野生河豚,其数锐寡。另辟蹊径,走出尴尬,传承特色,永耀光华。于是乎,一手抓保护,一手把潜挖。保护者,乃春季禁渔;挖潜者,为滩涂开发。养殖场、渔业园,纷纷傍江把营扎。江滩顿添新生气,万亩水塘鱼唛唛。幸甚哉,今日豚鱼,无须再怕,控毒技术,纯熟到家。故而市场供需,火爆欲炸,车水马龙,应接不暇。畅销十八省,华东排老大。经济新引擎,拉动你我他。①

再者举办美食节,助推经济登高厦。发轫之始,岁次甲申;时维三月,江岛如画:红紫斗艳,垂丝吐芽;鸠鸣关关,莺啼恰恰。首届江鲜美食节,帷幕一展世惊诧。四方宾朋联袂至,八隅商贾挤门闼。觥筹交错间,无不竖指夸:"扬中河豚甲天下",此言不虚非诳话;一朝食得河豚肉,终生无鱼可惦挂。于是乎,流连江岛不忍归,休闲旅游再考察;慧眼识得风水地,投资经贸并开发。幸甚哉,江鲜美食高台上,经济唱响"喜唰唰":节庆效应立马现,签约频频忙接洽;一、二、三产连轴动,渔、工、贸业抱金娃。敢问才人,何公嘉许"小城镇,新开拓"? 由是观之,费老孝通真卓见,实方家。

东君再来,宾朋又遝。盛事年年,人来纷沓。好评如潮,声名日大。"中国江鲜菜之乡",首牌奖我家②;"扬中江鲜甲天下",至评言恭达。独台演戏,虽声高而和寡;邀伴同唱,可遏云使歇乏。京沪浙、鄂赣皖,应声来、比技法。良玉愈琢愈剔透,技艺愈磋愈无瑕。己丑之春,美食节升级,"中国"冠名增身价;九届盛会,邀请赛提档,"国际"交流开头茬。四国选手③显身手,一决雌雄冠和亚。馨香交融情亦融,合作共赢酿佳话。

鱼香也怕巷子深,广泛推介名遐迩。兔年杏月④,春风骀荡,廿八国使,相携屈驾。尝江鲜,览物华;放鱼苗,作墨画……寻访河豚岛,揭开神秘纱;河豚从今识,"喔开"(OK 音)嘴上挂。更有聚焦镜,一字阵势拉;录像并拍

---

① "你我他"指种、养、贸等行业和各业从业人员。

② 扬中市"中国江鲜菜之乡"称号为 2005 年评定,2006 年授牌。2011 年扬中市又捧得"中国河豚美食之乡"称号。

③ "四国选手"指韩国、日本、新加坡,以及我国台湾、香港、澳门地区和扬中等地共 27 名烹饪师。

④ "杏月",阴历二月的别称,时阳历已是三月。

照,响声连嚓嚓。中外传媒借载体,消息无胫走天涯。贴海报,让河豚插翅高铁;打广告,叫视听震撼万家。邀达人,把亲历植入微博;办论坛,聚人气共话"小沙"①……"走向全国,奔向世界",高标指处,烂漫红霞。

纵览古今,环睹世界,中华饮食,胜在文化。看我扬中,文人荟萃,品牌内涵,怎忍欠差?《河豚菜谱》②,专题研究,百道菜名,闻之钦讶;《江鲜飘香》,内容丰富,形成系列,有案供查。研发中心,融古今与中西元素,不断创新;厨师会所(俱乐部),集本岛及外埠同道,时时共话。3D 片③,小河豚动漫于童心;美文赛,众笔杆神游在河洼……

嗟夫,龙兮腾在九天,凤兮鸣于岐山。小小豚鱼,领风骚于扬中,何哉?欣逢盛世,千舟竞发。顺时而动,机遇紧抓。勇于作为,矢志做大。豪者壮举,岂能不夸!

---

① 出典自"岳飞挥鞭指小沙",其中"小沙"即今扬中。
② 全称为《扬中河豚菜谱》。
③ 3D 片指动漫《小河豚历险记》。

顾
凤
珍
GU FENGZHEN

春江豚鱼肥

45×68 cm
水墨画
2012 年

河豚西游记

朱锦才

（小说）

前　言

三山六水一分田，大千世界，无奇不有。

吴承恩的《西游记》说的是唐僧、孙悟空、沙和尚、猪八戒师徒四人去西天取经的故事。唐僧师徒四人翻越了千山万水，吃尽了千辛万苦，经历了千难万险，结果取得了真经。《西游记》故事纯属虚构。因为，现实生活中，谁也没有看见过观音菩萨，谁也没有遭遇过白骨精，没有经历过女人国。殊不知，光有女人，没有男人，女人又从哪里来？说女人只要喝了子母河里的水就能生孩子，那是天方夜谭，不可能的事。但，《西游记》里有。因为那是一段神话，一个美好传说。本文《河豚西游记》情节虽属杜撰，但有出处，民间传说也很多，真真假假，不必较真。人们知道，河豚离人类很近，是看得见、摸得着的，特别是长江流域一带的人们，谁没有看见过河豚？河豚上年末、下年初离开大海，沿长江等淡水江河溯流而上，清明前到长江下游排卵，然后又游回大海。人类最早就是由海洋生物进化而来。河豚进化到今天,也是一样,不知经历了多少漫长的岁月,流传了多少美丽动人的故事。每年春季,河豚岛扬中市都要举办河豚美食节,李白有"烟花三月下扬州",现在有人改作"烟花三月下扬中"了。每到"竹外桃花三两枝,春江水暖鸭先知。蒌蒿满地芦芽短,正是河豚欲上时"的时候,世界各地慕名来扬中品尝河豚、鲥鱼、刀鱼三鲜的宾客络绎不绝。河豚佳肴香飘五湖四海,美丽绿洲闻名中华大地。可是,古老的河豚西游的神奇故事却鲜为人知。下面就容我慢慢道来。

第一章　水晶宫里小龙女　南海龙王掌上珠

传说,很久很久以前,有一天,南海龙王的水晶宫里张灯结彩,载歌载舞。南海龙王的第十个女儿降生了。

据说,这小龙女刚降生的时候,龙宫里芬芳缭绕,异香袭人。特别是这小龙女长得眉清目秀,粉团花面,天生丽质,楚楚动人,人见人爱。她一生下来就会走路,会说笑,会叫爹爹、妈妈、爷爷、奶奶、外公、外婆、伯伯、叔叔、哥哥、姐姐。三天过去就会唱歌、跳舞,腰肢一扭一扭的,像风摆杨柳,美极了。

最高兴的要算南海龙王夫妇了。原来,南海龙王女儿虽多,但是,前面九个女儿个个都长得奇丑无比。因为,那南海龙王自己就长得龇牙咧嘴,像个丑八怪,哪能生出好看的女儿呢!

大女儿叫"歪歪精":

> 歪歪大嘴咧耳帮,海边沙滩晒太阳。
> 鹬蚌相争两不让,渔翁得利喜洋洋。

二女儿叫"螺螺精":

> 生来头大尾巴长,弯弯曲曲到屁肛。
> 屁股长了不相通,嘴里吃了牙缝淌。

三女儿叫"老肛脐":

> 躯体横长竖不长,长到千年寸把长。
> 绰号叫做老肛脐,五短身材壳里藏。

四女儿叫"显显精"：

> 又矮又小脸皮黄，好似三年未吃粮。
> 闺阁深处她不居，专好风骚展红装。

五女儿叫"乌鱼精"：

> 黑脸黑皮黑衣裳，嫁不出的丑姑娘。
> 丑人往往多作怪，窜东窜西寻情郎。

六女儿叫"黑鱼精"：

> 苲草窝里把身藏，称之乌贼绝不枉。
> 大鱼蛮横吃小鱼，虾子无奈啃桥桩。

七女儿叫"乌龟精"：

> 满身斑块皮肤癣，缩头缩脑怕丢脸。
> 哪天渔翁逮住她，泔水缸里度余年。

八女儿叫"死亡屁"：

> 其实本名"死亡屁"，只会拍马吹牛皮。
> 无才无德无作为，一离开水就断气。

九女儿叫"癞宝精"：

> 满身癞皮起脓疱，色厉内荏眼球暴。
> 时时端坐等饭吃，学名叫做癞蛤蟆。

唯独这第十个小龙女长得特别漂亮。龙宫中有人戏言，怕是南海龙王种变了。你看这小女儿——

> 冰肤玉肌杨柳腰，朱唇未启先露笑。
> 眼含秋水多情种，眉画远山妩媚俏。
> 身穿绫罗虎衣袄，脚踩锦绣豹皮皂。
> 婀娜多姿比西子，九天嫦娥皆倾倒。

南海龙王虽然性情暴虐，喜怒无常，但却把这小女儿视为掌上明珠，含在嘴里养,托在手里长。

这么美丽的女儿一定要取一个与之相匹配的芳名。给这小女儿取什么名字呢?南海龙王颇费了一番心思。

小女儿抓周的时候,南海龙王请来了王室中的许多文人、学士。他们集聚在龙宫议事大厅。南海龙王在龙椅上一坐,眼睛圆睁,大声说道:"今天请大家来,希望你们充分发挥各自的聪明才智,开动脑筋,集思广益,给我的小女儿起一个美丽的名字。中午,水晶宫宴会大厅一起赴宴!"

文人学士们受宠若惊,个个摇头晃脑,人人咿咿呀呀,咬文嚼字,起了上千个名字。可南海龙王一个也不满意。

后来,南海龙王的大舅舅大宰辅鳄鱼精提议道:"不如在南海王国公开发布有奖征名公告。"

南海龙王摸摸胡须道:"也罢。你是宰辅,这事就由你操办!"

结果,大宰辅鳄鱼精用了整整一年时间,征集了九百九十九万九千九百九十九个名字,递交给南海龙王一个一个地审阅。到头来,南海龙王还是一个都不满意。

一次偶然的机会,一个名字跳进了南海龙王的脑子里。原来,小龙女三岁生日的那一天,南海龙王要为她庆祝生日,龙宫里挂满了大红灯笼,摆放了数千盆鲜花。鲜花五颜六色,万紫千红,艳丽夺目。

日出海花红胜火!

"海花!"大海里的一朵美丽的奇葩!

南海龙王触景生情。"不如叫海花?哈哈,就叫海花,就叫海花!哈哈哈哈……"这真是踏破铁鞋无觅处,得来全不费工夫。从此,"海花"成了南海龙王第十个女儿的正名(易名河豚那是后话)。

南海龙王把海花送进太学,由太傅辅导学文化,并聘请南海游泳大师教海花游泳,安排王宫中的顶级歌女、舞女陪海花唱歌、跳舞。

海花快乐地成长着。

第二章　鲋鱼刀鱼真义士　海花海宝叛龙宫

日月如梭,光阴荏苒。

朱锦才

转眼间,海花已到了谈婚论嫁的年龄。这时候的海花越发出落得水灵清秀,更加妩媚动人。上门提亲的权贵络绎不绝。

到底花落谁家?海花的婚姻着实让南海龙王苦思冥想了许多个日日夜夜。

"这么聪明漂亮、妩媚动人的小龙女,选择嫁个门当户对、才貌双全的白马王子自然不愁。比如东海龙王的儿子东兴狮,他不但仪表堂堂,人长得帅,颇有东方男子汉的气质,且通读世界上历史最悠久、最伟大、最高深的儒家经典,"四书五经"倒背如流,仁、义、礼、智、信熟记在心,品行端正,待人接物谦和礼让,处事做人诚实有礼。可是不行!尽管南海龙王与东海龙王是紧邻弟兄,但是,近年来由于海域疆界权益的争议,弟兄俩面和心不和,弄不好早晚还会反目成仇、大动干戈。南海龙王想:以我自身的力量自然打不过东海龙王,不如远涉重洋,与西海龙王或北海龙王联姻,合纵连横,共同对抗东海龙王。尽管西海龙王、北海龙王也已武装到牙齿,时时虎视眈眈地窥视着南海,他们的儿子又都是些不学无术的纨绔子弟,但从自身利益计,不得不取远水而救近火,即使是引狼入室,也不得不为之。

想到这儿,南海龙王不由得暗暗庆幸,自以为得计。他要利用小女儿施个美人计。他涎着老脸,主动与西海龙王联姻。西海龙王巴不得南海龙王来联姻,满口应承,心想:你不来找我,我还不好大老远地跑到你那儿去找你呢!这下正中我的下怀。

西海龙王王宫里财政羞涩,因为他到处充当世界警察,恃强凌弱,以大压小,发动战争,横行霸道,耗尽了国库财力,已负债累累,但为了把侵略的魔爪伸向南海,依然不惜举债,择日送了厚厚的彩礼。

虎狼兄弟成了狼狈为奸的亲家。

不料,这时候海花已与海宝好上了。海宝是南海龙王身边的一个侍卫,专门为南海龙王牵马的。海宝比海花大两岁,长得非常英俊。海宝在南海龙王身边做事,经常看见海花,一空下来就找海花玩。他们青梅竹马,两小无猜,山誓海盟,私订了终身。海花深爱着海宝,海宝更离不开海花。他们一起在深海里谈情说爱,一会儿唱歌,一会儿跳舞,一会儿游泳。他们互敬互爱,互帮互助。他们谈人生,谈理想,谈发展,谈未来,向往着甜蜜、美好的幸福生活。

海花得知父王要将她嫁给西海龙王太子海猪子的消息,犹如晴天霹雳,哭得死去活来,说什么也不同意这门婚事。

王宫里一些善于逢迎吹牛、溜须拍马者,如大宰辅鳄鱼精、大谋士缩头乌龟精、大太监虾子精等,窥探着南海龙王的阴谋诡计,假意劝说海花:"海花公主,你可要孝顺呀,你要听你父王的话呀,父母之命不可违呀,嫁给西海王子海猪子多好呀!"海花初时只是哭,不开口;听着听着,觉得他们越说越不像话,心里直想骂:都是一帮马屁精,西邦好,西邦的月亮都是圆的!海花止住泪,鼻子里"哼"了一下,背过身去。大宰辅鳄鱼精、大谋士缩头乌龟精、大太监虾子精等碰了一鼻子灰,看看自讨没趣,一个个悄悄地、蹑手蹑脚地走了。

南海龙王决定亲自相劝。

南海龙王道:"女儿啊,男大当婚,女大当嫁。你也是老大不小的姑娘了,迟早总要嫁人的,父王也是为了你好哇!"

海花含着泪花道:"父王,你说你真心宠爱女儿、疼爱女儿,为何偏要不远万里把女儿远嫁西邦呢? 再说,西海王子海猪子还是个不学无术的纨绔子弟呢!"

南海龙王道:"女儿啊,这你就不懂了。唉,也不全怪你,因为你年纪太小,不谙事理。西海是个强大之邦,把你嫁过去,你就会有享不尽的荣华富贵,吃不尽的山珍海味,穿不尽的绫罗绸缎,我就会有强硬的靠山。至于什么纨绔不纨绔,那是西方的文明!"

海花用粉嫩的小手擦了擦面庞的泪水,道:"好一个荣华富贵、山珍海味、绫罗绸缎、强硬靠山! 好一个西方文明! 父王,你知道吗? 西邦正在摇摇欲坠呐! 听说,西海龙王背了一屁股的债,你想让女儿嫁过去替人家还债呀! 这样的靠山靠得住吗?!"

"瘦死的骆驼总比马大呀!"

"反正西海王子海猪子我不嫁!"

"你不嫁? '父母之命,媒妁之言',这是古训! 西海王子海猪子的彩礼我已收下,大喜的日子已定,难道你想要父王毁约不成?"

"反正我不嫁! 要嫁,你嫁!"

"啊? 我嫁?!"

"我已有了心中的白马王子！"

"你已有了心中的白马王子？他、他是谁？"

"海宝哥！"

"海宝？就是那个为我牵海马的侍卫海宝？他只是一个平头马夫！呀！呀！呀！气死我了，气死我了！我是白养你了，白疼你了，白惯你了！"

"父王！"

"你、你、你、你给我滚！"

海花平时看起来温柔可人，可是今天在婚姻感情问题上却是爱憎分明，不畏强权。

海花倔强地说道："好！我走！！"

南海龙王恼羞成怒，一向温和孝顺的海花今天怎么这么犟呢？他转而一想："不行！黄毛丫头十八变，她真的走了，到时西海王子海猪子的大花轿来了，我怎么办？这犟丫头不在，难道真的让我嫁过去不成？这我可没法向西海龙王交代呀！"

"慢！你给我站住！"南海龙王吼道："我得让你闭门思过，好好转化转化！"

南海龙王命令羽林军把海花关在了水晶宫后花园一个隐蔽的铁房子里，并派了羽林军的大力士鲥鱼、小子牙刀鱼与八脚怪螃蟹、独眼龙土黄蛇分别负责各带领羽林军一个小队24小时轮流看守。八脚怪螃蟹、独眼龙土黄蛇带一个小队白天看守；大力士鲥鱼、小子牙刀鱼带一个小队晚上看守。海花被关在铁房子里，叫天天不应，叫地地不灵。海花哭啊，喊啊，气啊！"海宝哥，你在哪里？"谁知道，这一气把个腮帮子气得鼓鼓的，到后来，落得了个"泡泡鱼"的绰号。

其实，海宝比谁都急。海宝知道西海龙王下了聘礼，知道南海龙王把海花关了起来。可是龙宫那么大，海花究竟关在什么地方呢？尽管他是海龙王的牵马侍卫，对王宫比较熟悉，但也不能随便进出。因为，这几天龙宫里戒备森严，盘查严密。

海宝终于通过羽林军的一个副官得知了海花的下落。可是，防守这么严密，怎样才能救出海花呢？海花已经被关了整整五天五夜，今天是第六天，明天一早，西海王子海猪子就要用十八抬大轿来娶海花了。今天晚上势必要把海花救出来。否则，海花就没救了。海宝决定找大力士鲥鱼、小子牙刀鱼商量帮忙。原来，大力士鲥鱼、小子牙刀鱼与海宝都是好朋友，海宝虽不是什么官，但毕竟是在海龙王身边做事，一来二去与羽林军的一些弟兄混得都比较熟，大家有空时常在一起喝酒、玩耍。鲥鱼、刀鱼也十分重感情、讲义气，很有正义感，为人也很诚实，把海宝当成亲兄弟一般。这一天午后巳时，海宝在羽林军宿营地先找到了鲥鱼，说明了情况，鲥鱼很是惊讶："好兄弟，你怎么不早说呢？原来海花是你的女朋友呀！走，与小子牙一起商量商量去！"海宝、鲥鱼刚出门，就碰到了刀鱼。鲥鱼、刀鱼、海宝重又坐下来一起商量。

鲥鱼对刀鱼道："那老龙王也太霸道了，今天晚上我们值班，不如把海花公主放了算了！"

刀鱼道："不行！我们把她放了，外面的七道岗哨都有羽林军把守，她怎么走得出去？我们必须想个万全之策。"

鲥鱼道："你是小子牙，足智多谋，你就拿主意吧！"

刀鱼道："不如这样，今天晚上是我们的班，我们应该……这样才可确保无虞。"刀鱼压低了声音。

"好，就这么干！"

鲥鱼、刀鱼、海宝三兄弟计议已定，依计而行。

晚上掌灯时分，鲥鱼、刀鱼带领一个小队先后经过七道岗哨，按时来到龙宫后花园铁房子前，与八脚怪螃蟹、独眼龙土黄蛇办理了交接防卫手续。是时，正是天寒地冻的隆冬季节，值班的虾喽喽们直冻得浑身瑟瑟发抖。

午夜时分，鲥鱼说道："弟兄们，今天好冷啊，大家喝点酒暖暖身子吧！"

虾喽喽们听见小队长同意他们喝酒暖身，高兴极了，争先恐后，捧着酒瓮你一口，我一口，不一会儿，一个个便喝得酩酊大醉。

小队副刀鱼用枪拐子敲敲虾喽喽们，虾喽喽们一个个如死猪一般"呼呼"大睡着。这时候，鲥鱼负责望风，刀鱼迅速打开铁门。

"海花公主，我们救你来了！"

海花坐在炕沿上，正在流泪，忽然听见刀鱼说话，自言自语道："我不是在做梦吧？"

"不是。这是真的！今晚不走就来不及了，天一亮，你父王就会逼你上

轿,送你到西邦去呢!"

"海宝哥怎么没来? 海宝哥在哪儿?"

"他就在墙外等着你呢!"

海花止住了哭,喜出望外。

海花随刀鱼走到后花园外墙边。刀鱼用头顶住海花,海花用力一跃,越过墙头。早在墙外等候的海宝一把接住了海花,俩人相拥而泣。

"海宝哥! 真急死我了!"

"好妹妹,我也一样!"

刀鱼道:"这里不是说话的地方,快走!"

海花、海宝迅速地逃离了龙宫。

第三章　亡命天涯遭劫难　假道东海遇明君

鲥鱼、刀鱼放走了海花后,为脱身计,他们又用"昏头散"把自己迷晕在铁房子门前。

棒打五更、鸡叫天明的时候,虾喽喽们酒也逐渐醒了。其中一个虾喽喽醒来一看,吓得屎尿都拉在裤子里。只见关海花公主的铁房子门大开着,海花公主不见了,小队长、小队副昏倒在铁门前。小虾喽喽使劲儿摇醒了小队长鲥鱼、小队副刀鱼,并立即向南海龙王报告。南海龙王一听,气得"哇哇"直叫,一面指示羽林军关闭南海龙宫所有的城门,一面派出虾兵蟹将四处搜查捉拿海花、海宝,一面把鲥鱼、刀鱼及当班的虾喽喽抓捕归案,严刑拷打,查问当晚情况。鲥鱼、刀鱼宁死不招,说自己不知道被什么毒气熏昏了,不省人事,铁门是怎么开的,海花公主是怎么逃走的,他们一点儿也不知道。南海龙王没法,只得把鲥鱼、刀鱼就地革职,移交刑部判了个玩忽职守罪,发配身毒洋(印度洋)充军去了。

话分两头,再说海花、海宝逃出龙宫后,连夜向南海深处游去。两人游了三天三夜,终于摆脱了虾兵蟹将们的追捕,来到一个海底小镇。小镇虽不甚繁华,倒也房舍整齐,青砖红瓦,斜阳夕辉,炊烟袅袅,三三两两,人来人往。更有好多小镇居民正围拢在一起看贴在墙上的布告。海花、海宝也好奇地跟在人群后观看,只见布告上写着:

诏　告

南海各郡县：

　　兹有本王之小女海花及侍卫马夫海宝违抗王命，不遵礼教，不忠不孝，双双叛逆离宫出逃，实属大逆不道。有知其下落者当及时上报或协助缉拿归案。报告或协助缉拿有功者赏白银分别为五十两、一百两。反之，当以叛逆同罪。

南海龙王之宝
x 年 x 月 x 日

诏告下还附有海花和海宝的画像。

"啊，我们被通缉了！"海花眼快，"海宝哥，我们赶快离开这里。"海花悄悄拉了拉海宝的衣角道。好在天色渐暗，海花、海宝趁大家正在聚精会神看布告未注意之机，悄悄地离开了小镇，又往荒无人烟的深海游去。

"茫茫南海，浩瀚无边，到底哪里是我们的安身立命之所呢？"海宝与海花边逃边说。

海花想了想，若有所思道："东海。"

海宝道："东海？"

"对，东海。"海花道："我父王的脾气你是知道的，看来南海是没有我们的藏身之所了。我外婆娘家在东海。很小的时候，我就听外婆讲过一个美丽动人的故事，她说'上有天堂，下有苏杭'，连九天嫦娥，还有在峨眉山修炼了千年的仙女白素贞都慕名下凡到那里去过平常人家的生活呢！我想啊，我们先假道东海，然后沿长江溯流而上，到神仙都羡慕的地方去！"

"好妹妹，我听你的，你到哪儿，我跟你到哪儿，无论是天涯还是海角。"海宝道。

"不过，我们白天不能走，只能夜晚行。你看，这两天一些地方峡谷关口哨卡明显增加了，盘查也很严格。"海花道。

"对，我们沿偏僻的山岭、荒村走。"海宝道。

海花、海宝白天隐藏在海洋深处的山林中，晚上尽量绕过虾兵蟹将设立的捕查关卡。他们翻山越岭，爬坡涉水，迎战海浪，勇斗海兽，穿过道道海峡，越过重重山谷，走过茂密森林，奋力向东海方向奔跑。

河豚西游记
127

月圆月缺，日复一日。他们昼宿夜行，饥餐渴饮，择荒而居，终于来到了东海边境。

东海边境。一片繁华景象。

一日，海花、海宝来到东海边境一榷场互市①贸易城。只见贸易城里热闹非凡，市场一片繁荣，店铺里琳琅满目，人潮涌动，买卖兴隆。市面上，珍珠玛瑙、翡翠美玉、黄金白银、绫罗绸缎、山珍海味、茶叶水果、牛马畜禽等应有尽有，看得人眼花缭乱。

海花、海宝正在市场上闲游，忽然，来了一队官府人马。当头的是一位英俊青年，只见他，生得额角丰满，气宇轩昂，浓眉大眼，方头大耳，虎背熊腰，仪表堂堂；打扮上，头戴花锦帽，身披长绒袍，足蹬连靴翘。原来他是东海龙王的王子，因为东海龙王对他寄托期望，故取名叫东兴狮。这一次，东兴狮奉东海龙王之命，以市舶大使②之职，率队巡视边贸榷场互市。

海花、海宝原是混在经商队伍中以商人的身份蒙过了边防哨卡入关的，倘若想在东海境内长期避难，还必须获得东海方面的许可，签领东海居住护照。

俗话说，"踏破铁鞋无觅处，得来全不费工夫"。海花、海宝正在为入境庇护签证一筹莫展时，王子东兴狮的出现，使他们喜出望外。前已述，东海龙王也曾闻南海龙王有一个美貌贤淑的小龙女，也曾向南海龙王提过亲。现如今，也知道南海、西海联姻的事。谁知道，海中事和人间事一样，许许多多的事情也是无巧不成书。尽管海花与东海方面的婚姻没有做成，但是，海花知道东海是个可靠的友好邻邦，东兴狮是个诚实、善良的王子。因此，海花决定找东兴狮寻求帮助。海花、海宝来到东兴狮面前。海花向东兴狮深深地鞠了个躬，拜了个万福。虽然海花一路劳顿，精神疲惫，依然不减非凡的美貌。这是哪路天使降临鄙国？哦，想起来了，当年南海龙王曾带着他的爱女一同出访过东海。"尊敬的公主殿下，你怎么来到这里？"东兴狮吃惊不小。海花、海宝向东兴狮叙说了来东海的经过。东兴狮听后，十分感动："哎呀，尊敬的公主殿下，你们不辞劳苦来到鄙国，不及远迎，实

---

① 榷场互市：商品贸易市场。
② 市舶大使：官名。指掌管对外贸易的专职官员。

在抱歉！实在抱歉！来人！"

扈从们立即来到东兴狮面前。东兴狮对扈从们说："这是南海的海花公主，这是南海的海宝先生，他们是我们最尊贵的客人。赶紧就近在海关东方大酒店，请海花公主、海宝先生下榻。"转而又对海花、海宝道："你们一路劳顿，先好好休息休息，今晚就在大酒店为你们洗尘，请务必赏光。明日待我禀报了父王，再请你们光临东海龙宫，到时，父王定当亲自接见款待。"海花、海宝感激不尽。

第四章　杭州湾"三神"献礼　钱塘江"二侣"观潮

海花、海宝愉快地接受了东海王太子东兴狮的盛情安排，先在海关东方大酒店住了下来，并出席了当天的晚宴宴请。当晚无话。

第二天，东兴狮派人来给海花、海宝传话，他要在边贸城巡视和考察几天，待他把有关公务办好后一同去东海龙宫。

海花、海宝初来东海，刚刚摆脱了南海龙王的追捕，稍稍安定下来，这下正好可以休息，调整一下精神状态，顺便也可到边贸城市场走走看看，领略一下东海榷场互市的盛况以及这里的风土人情，却也是好。当下各自相安无事，不提。

不日，东兴狮办完公事，亲自来到东方大酒店，邀请海花公主、海宝先生一同去东海龙宫。海花与海宝商量后对东兴狮说："王子殿下，谢谢您的盛情，东海龙宫我们就不打扰了，我们打算假道东海到贵邦的大江大河走走，如若环境适宜，我们还计划在贵邦长期居住，成为您的臣民、东方王国的正式公民呢！"

"在鄙邦居住，我们热烈欢迎！今天特邀去东海龙宫，这可是我父王的旨意呢！"东兴狮道。

"请转达我们对您父王——东海龙君最诚挚的感谢，今后如有机会，我们一定专程去拜望他老人家。"海花感激地说。

"也罢，人各有志，不可勉强。那，待我为你们办理相关签证，再顺道东海，把你们送到母亲河的出海口，可好？"东兴狮看挽留不住，因道。

海花、海宝打心眼里感佩："东方人真是名不虚传——仁义、厚道、热

情、真诚!"

"麻烦!麻烦!谢谢!谢谢!"海花、海宝连声道。

之后,海花、海宝随着东兴狮从东海南疆北道东海中域,一路上朝行暮憩。不几日,来到了长江入海口,海花、海宝遂向东兴狮辞别。海宝道:"王子殿下,一路上多蒙照顾,长江口到了,我们就此分手吧!"东兴狮道:"也罢,古人云,'送君千里,终有一别'。"海花道:"离别是暂时的,友谊是永恒的。"东兴狮道:"回去后我将向父王禀报,发文江河湖泊,为你们提供一切旅途生活之便,如有其他需求,只要提出,定当鼎力相助。"海花、海宝千恩万谢,依依惜别,自不赘言。东兴狮也回东海龙宫向他的父王复命去了。

自此,海花、海宝沿长江溯流而上。

滚滚的长江水,甜甜的母乳汁。海花、海宝犹如回到了娘家。他们长期在海里生活,忽然来到长江,感到一切都是那么清新,那么纯净。沿江一路行来,这对情侣受到了各地的文明礼遇和高规格接待,快乐极了。

光阴荏苒,七夕刚过,中秋来临。不久,这对情侣来到了杭州湾。

这下可忙坏了驻在钱塘江的潮神、水神、江神。他们久闻海花、海宝的故事,非常敬仰海花、海宝的品格。他们要为海花、海宝接风洗尘,要以特别的高规格的礼仪予以接待。

你道这三神是谁?这就是潮神伍子胥、水神苏小小、江神司马櫂。

说起伍子胥,尽人皆知,他就是春秋战国时期建都苏州的吴国的大夫。伍子胥帮助吴王夫差打败了浙江一带的越国。越王勾践表面上向吴国称臣,暗中却卧薪尝胆,准备复国雪耻。此事被伍子胥察觉,他多次劝说吴王除掉勾践。由于有奸臣在吴王面前屡进谗言,诋毁伍子胥。吴王奸忠不分,反而赐剑让伍子胥自刎,并将其尸首抛入钱塘江中。伍子胥死后第九年,越王勾践在大夫文种的策划下,果然灭掉了吴国。后来东海龙王器重伍子胥忠义正直,委任他为潮神。

水神苏小小,即南齐时钱塘西泠的一个名妓。时年,苏小小生得花容月貌,千古绝色,而且能诗善书,聪明绝顶,才空士类。苏小小15岁时就随口吟咏了一首乐府诗,诗曰:

妾乘油壁车,郎跨青骢马。

何处结同心,西陵松柏下。

美味"杀手"

又作词：

> 妾本钱塘江上住，花落花开，不管流年度。燕子衔将春色去，纱窗几阵黄梅雨。
>
> 斜插犀梳云半吐，檀板轻敲，唱彻《黄金缕》。梦断彩云无觅处，夜凉明月生南浦。

这诗、这词写得多好。

可怜的苏小小，只是因为从小家遭不幸，才被逼沦为歌伎。苏小小虽然堕入风尘，却是个傲骨洁净、极具慧眼的有血性奇女子，当时世人莫不称绝。苏小小22岁时就因病早卒，葬于西泠之坞。苏小小魂魄不散，常常在花间出现。

到了宋时，有个才子名叫司马槱，字才仲，在洛下梦见一美人搴帷而歌。问其名，美人答曰："西泠苏小小是也。"问歌何曲，美人复曰："《黄金缕》。"五年后，司马才仲被苏东坡举荐，在秦少章幕下做官，一次偶然的机会说起这件事。秦少章十分讶异，道："苏小小之墓，今在西泠，何不酹酒吊之。"后来，才仲专程到西泠寻找苏小小墓以拜之。当天夜里，才仲梦见与小小同寝。小小曰："妾终于遇上了如意郎君。"后才仲因患相思病死于杭州，葬于小小墓侧。东海龙王感惜这对多情男女，将其一个委任为江神，另一个委任为水神。

古往今来，惺惺惜惺惺，好汉惜好汉，忠良惜忠良，有情人惜有情人。分别身为潮神、水神、江神的伍子胥、苏小小、司马槱，对于海花、海宝这对有情人的到来，能不热情地高规格接待吗？

他们分别用了不同的礼仪接待。

潮神用礼炮欢迎。农历八月十八这天，虽然是潮神的生日，但潮神依然不忘为海花、海宝举行欢迎仪式。这一天，钱塘江一带未见潮影，先闻潮声。江面看上去风平浪静，水下却不断传来"轰隆隆"、"轰隆隆"的巨响，响声越来越大，犹如擂响万面战鼓，震耳欲聋。初时，雾蒙蒙的天边闪现出一条横贯江面的白练，伴之以隆隆的声响，酷似天边闷雷滚动。潮头由远而近，飞驰而来，宛若一群洁白的天鹅排成一线，万头攒动，振翅飞翔。潮头推拥，鸣声渐强，顷刻间，白练似的潮峰奔涌而至，耸起一面一丈多高的水

墙直立于江面,倾涛泻浪,喷珠溅玉,势如万马奔腾。潮涌至海塘,更掀起3丈多高的潮峰,真是:"天排云阵千雷震,地卷银山万马奔。潮色银河铺碧落,日光金柱出红盆。"冲天的巨浪竟然把一只一吨多重的镇海雄狮冲出江面100多米高。一幕幕景观,看得海花、海宝咧着嘴"咯咯"直乐。

江神用鞭炮欢迎。江神为欢迎海花、海宝的到来,在杭州湾掀起两股巨大的潮流,即东潮和南潮。两股潮头就像两兄弟一样交叉相抱,形成变化多端、异常壮观的交叉潮,呈现出"海面雷霆聚,江心瀑布横"的壮观景象。两股潮在相碰的瞬间,激起一股水柱,高达数丈,浪花飞溅,"轰隆"巨响,惊心动魄。待到水柱落回江面,两股潮头已经呈十字形展现在江面上,并迅速向西奔驰而去。同时,交叉点像雪崩似的迅速朝北转移,撞在顺直的海塘上,激起一团巨大的水柱银花彩练,"哗啦啦"地跌落在塘顶上,吓得海花、海宝急忙尖叫着避开。

水神用礼花欢迎。位于钱江南岸萧山南阳的赭山湾是钱塘江口一个向南凹进的大河湾,河湾里有一道长约500米的丁字坝直插江心,宛如一只力挽狂澜的巨臂。这里是水神释放礼花的最佳选择地。当涌潮西行至此,涌潮全线与围堤成一锐角,坝头以内的潮头同坝身、围堤构成直角,潮头线两端受阻,分别沿坝身和围堤向直角顶点逼进,最终在坝根"嘣"的一声巨响,涌浪如突兀而起的醒狮,化成一股水柱,直冲云霄,高达数十丈。由于大坝的横江阻拦,直立的潮水又折身返回,形成"美女回头望,雷震云霓里"、"卷起千堆雪,山飞霜霭中"、"江心瀑布横,冲天撒银花"的奇特景观。

海花、海宝快乐地观看了潮神、江神、水神的欢迎表演,同时也看到了不愿意看到的事情:潮水的冲击,使江堤坍塌,使居住在江边的人们遭殃。这使他们很痛心,便与潮神、江神、水神商量补偿受灾的人类。

潮神说:"这不难,我用水力发电补偿!"

水神说:"我亦有办法,我用发展旅游观光业补偿!"

江神说:"我受水娘娘的启发,我用发展江鲜美食文化补偿!"

海花、海宝连声夸赞这些主意好。

不一会儿,忽有江鱼来报:

"盐官镇钱大王在钱塘江边烧了3年零3个月的盐,全被潮水冲到海里去了。钱大王闹着要赔偿!"

美味"杀手"

一调查,的确,本来淡淡的海水变咸了。海花、海宝感到很内疚,"这都是因我们而惹的祸,如果不是为了迎接我们哪来的海潮呢? 没有海潮的冲击,人家的晒盐又哪会流到海里呢?"因此,海花、海宝亲自出面与东海龙王联系,协商补偿办法。东海龙王很给面子,同意用海水晒盐补偿钱大王。自此,海水晒盐成了定律。每年的农历八月十五左右,潮神、江神、水神都用同样的礼炮、鞭炮、礼花的形式表示对远道贵宾来临的欢迎,这就是后来的钱塘江大潮"一线潮"、"交叉潮"、"回头朝"的来历。

　　有话则长,无话则短。海花、海宝观潮后,仅在杭州湾小住了几日,即告别了潮神、江神、水神,离开了钱塘江,继续他们的旅程。

第五章　馋嘴猫垂涎美食　江上翁爱怜放生

　　却说海花、海宝告别了潮神、江神、水神,离开了杭州湾,径直往西湖游去,她们慕名要拜会这里的白娘娘。

　　海花思慕白娘娘,也是感于白娘娘一段美好的传说。当年白娘娘乃是峨眉山修炼成仙的一条大白蛇。一个春光明媚的日子,大白蛇和她同在峨眉山修炼成仙的小青蛇一起化成一对美丽动人的姑娘来杭州游玩。后来,白娘娘在西湖苏堤邂逅了许仙,两人一见钟情,风雨同舟,成了同枕共眠的夫妻。

　　海花、海宝来到西湖,一打听,说白娘娘去苏州了,又辗转往苏州而去。

　　话分两头。再说苏州城里有个单员外,因他长着满脸的络腮胡子,人称单须毛,又因他嘴特别地馋,最喜欢吃鱼,人们又称之为馋嘴猫。这一天,他吃腻了河里的鱼、海里的鱼,又想吃江里的鱼。馋嘴猫找到专在江上捕鱼的叫江上翁的老渔翁。馋嘴猫对江上翁说:"老头儿,本员外今天想吃江里的鱼,侬(方言"你")务必替我到长江里捕几条鲜活的鱼儿上来,价钿(方言"价钱")随侬讲!"江上翁说:"单员外,侬也不是天外的人,侬看,今天西北风呼呼地像狼嚎,捕鱼困难呢! 弄不好,鱼捕不到,我这个小船还要翻江葬身鱼腹呢!"馋嘴猫不耐烦道:"翻江不翻江,这我不管,反正我要吃鱼。快去! 快去!"

　　江上翁摇着一只小船,从苏州河出口,来到长江边。时值隆冬,天寒地

冻，风大浪急，不一会又下起了小雨，江上翁头上戴着斗笠，身上披着蓑衣，冒风雨，顶恶浪，抗严寒，向江边撒下一排排渔网。可真是奇怪了，往日只要下江撒网捕鱼，没有多也有少，总不会像今天这样，已经老半天了，连个小鱼影儿也没捕着。碍着馋嘴猫的淫威，江上翁只得耐心地在江上继续撒网捕鱼。

却说海花、海宝两人来到苏州河口，眼看天气沉沉，雨气蒙蒙，天色将晚，海宝道："海花妹妹，今天走了一天，你已经很辛苦了，在西湖时，西湖小姐说白娘娘是到姑苏虎丘来办事的，现在也说不准会在虎丘，不如你就在这河口等我，我先到姑苏城里走一趟，如果不在那儿，也省得你来回跑，很辛苦。"海花说："也好。海宝哥，如果白娘娘在，你只要呼一声，我即刻来；如果不在，你一定要早去早回，莫要让我牵挂。特别在内河里走，路上千万千万要小心！"海花千叮咛万嘱咐。海宝这才去了。

可是，海宝在苏州河里走着，水却越来越浅，海宝与海花发出了通话信号，海花又与水神娘娘苏小小取得了联系，水神娘娘立即让长江水流进了苏州河。一会儿，本来浅浅的苏州河顷刻流进了满满的长江水（"苏州河流进长江水"的典故由此而来）。海宝在虎丘山上询问了山神，山神说："白娘娘来是来过，不过已经走了，她也没有说具体到哪儿去，只是说要向西去采一味药草，要救治苏杭一带流行的一种疑难疾病呢！"海宝告别了山神，又在姑苏城里转了一圈，也没有看到白娘娘的身影。海宝不敢怠慢，急急忙忙往回赶，快走到苏州河出江口的时候，老远就看见海花正在焦急地等着他呢！

俗话说："一日不见，如隔三秋。"海花、海宝仅仅分别了两个时辰，就好像分别了几年一样。正当一对情侣卿卿我我，还未来得及诉说寻人经过的时候，忽然，"哗啦"一声，海花、海宝只觉得头晕目眩，不知被什么东西罩住了，左冲右突，总是动弹不得。

原来，江上翁在江里捕了半天鱼，一点收获也没有，眼看夜幕降临，没办法，只得自认晦气，收网起锚，撑篙回船。小渔船刚撑到苏州河口，"咦，今天河口的水怎么这么大呢？"江上翁好奇地看着苏州河口的水，自言自语道。"水大好捕鱼，特别是水流湍急的地方，最是有鱼。"江上翁想到这里，立即操起了渔网，两脚叉开，立在船头，用力甩开了渔网。渔网像一个大圆罩一样慢慢沉入江底,然后江上翁再慢慢拉起网,网被拖至面前,"哎,里面果然有两个圆圆的小东西!"江上翁打开网一看,"呀,真稀奇! 这圆圆的、鼓鼓的小东西本是在海里生长的,长江里还从来没有见过呢!"

海花、海宝被老渔翁逮住,并被捉到船甲板上。海花、海宝想:"这下可完蛋了,我们千辛万苦,跋山涉水,从南海来到东海,从东海来到长江,躲过了南海劫难,避开了江猪怪、鳄鱼鬼等的侵扰,屡屡化险为夷,这一次恐怕在劫难逃了!"

恰在这时,单员外馋嘴猫来了。馋嘴猫在家一等二等就是不见江上翁打鱼归来,他实在是等得不耐烦了,就亲自提着个鱼筐来到了江边。

"喂,老渔头,我要的江鱼捞着了吗?"馋嘴猫涎着口水大声喊道。

"还没!"江上翁答道。

"侬个船甲板上是啥东西呀?"馋嘴猫不但嘴馋,而且眼尖,他一眼就看见船甲板上的两个圆鼓鼓的鱼儿,因此问道。

"这是两个小怪物,不能吃!"江上翁随口应道。

本来,海花、海宝认定了一个必死的念头,相互勉励。

海花说:"海宝哥,我们虽不能同生,却能同死,值了!"

海宝说:"海花妹,我们生不能同枕,死却能同眠,值了!"

但听到江上翁说"这是两个怪物,不能吃"的时候,海花、海宝又燃起了生的希望。海花鼓起了花艳艳、粉嘟嘟的腮帮,显得十分生气的样子,惹人可爱;海宝则翻起了白眼,骨碌骨碌地眨巴着,显得可怜兮兮的。江上翁联想到今天发生的一连串事情,觉得很是蹊跷:一是半天里捕不到一条鱼,这在过去,从来没有遇见过;二是苏州河流进了长江水,他活到73岁,也从来没有经历过;三是他风里来、雨里去,捕鱼捕了60个春秋,这样的小东西还从来没有看见过。这气鼓鼓的可怜兮兮的样子,好像通人性一样。"罢!罢!罢!你们从哪里来还到哪里去吧!!!"江上翁用手把两只小鱼儿轻轻推进了江里。海花、海宝虽然回到了江里,但是他们没有即刻离去,而是一会儿仰起头,一会儿翘起尾,意思是"江上老翁,谢谢! 谢谢啦!"馋嘴猫一看,到嘴的美食一下子跑了,口水直往江里流,十分恼火,"扑通"一下,滑进了冰寒刺骨的江水里,想一把抓住海花和海宝。其实,这时的海花、海宝正是如鱼得水,只见江面上泛起一道道涟漪,早已不知去向了! 江上翁用竹

篙把馋嘴猫拖上船来，馋嘴猫冷得浑身像筛糠，懊悔不迭，江鲜美味未吃到，还惹得一身腥气，冻得半死。后事如何，下回分解。

第六章　中心沙白娘采药　雷公岛海花易名

海花、海宝离开了苏州河口，又一直向西游去。她们知道，白娘娘也正在西边某个地方采药以治病救人呢！

海花、海宝来到了扬子江畔一个叫中心沙，又名蒋家沙、复兴沙、小泡沙的地方。当他们正在打听白娘娘下落的时候，忽闻远处飘来阵阵甜甜的歌声，两人屏息细听，只见歌中唱道：

> 扬子江畔好地方，处处都是桃花庄。
> 四面环水世外园，天赐"三宝"在水乡。

海花对海宝道："海宝哥，你听这歌儿唱得多美呀！"海宝也兴奋地说："对，太美了，太美了！海花妹妹，听，又唱了！"

但闻：

> 翠竹青青沙沙响，雪压枝头头亦扬。
> 卧听衙斋板桥梦，描龙绣凤走四方。

"这是唱的《翠竹歌》。"海花对海宝道。是啊，这里的翠竹茂盛，青枝绿叶，沙沙作响，好似在向人们诉说着什么。"啊，多美的翠竹啊！它好似在说'欢迎，欢迎，欢迎海花妹妹的到来！'"海宝笑道。海花娇嗔地说："就你会自作多情！""岂敢！岂敢！听，又唱了！"海宝一边嬉笑，一边指道。

但闻：

> 绿芦婆娑水边长，潮涨潮落挺拔长。
> 织就大地满园春，楚国九歌划龙桨。

"这是《绿芦歌》。"海花道。"《绿芦歌》？"海宝有些不解。"是啊，绿芦婆娑，芦花飞扬，潮涨潮落，芦叶荡荡，港道河汊，鱼虾满塘。这是扬子江畔的特色呢！""经你这么一说呀，就更美了！"海宝说。"还有更美的呢，你听！"海花用手指向远方。

只听远方又飘来了歌声：

> 碧柳摆摆香飞絮，婀娜玉肌世流芳。
> 巧手编排绘锦绣，赢得五洲四海商。

歌声由远渐近。海宝道："《翠竹歌》《绿芦歌》，那，这就是《碧柳歌》啰？"海花说："是啊！这三首歌总称《三宝歌》。唱得太好啦！简直是九天仙女在唱啊！"海花听得如痴如醉。

"哎，莫不是白娘娘在唱吧？"海宝突发奇想。

"对对对，是白娘娘在唱，是白娘娘在唱！海宝哥，你听！"海花拉着海宝的手说。

歌声越来越近——

> 遍访江南采秘方，原来秘方在水乡。
> "三宝"精华采在手，医得苏杭百姓疮。

循着歌声，海花、海宝看见了白娘娘，两人热烈地飞奔过去。

"白娘娘，我们找你找得好苦啊！"海花摇着白娘娘的手连声说。

"好妹妹，你们的故事我已听说了，真令我感动啊！"

海花与白娘娘拥抱在一起，互诉衷肠。

忽然，白娘娘推开海花，急切地说："好妹妹、好兄弟，苏杭那里正流行着一种传染性疾病，有些人生命垂危，正等着我给他们治病呢！我这里已采来治病的良方，这就要赶回去！祝你们幸福！我们后会有期。"

海花、海宝与白娘娘依依惜别。

白娘娘飘然而去。海花、海宝一阵赞叹，一阵感慨，拜访白娘娘使他们启发多多，收益多多。他们离开了中心沙，又沿着扬子江南畔向西游去。

海花、海宝又来到一个小岛。他们向土地公公打听，土地公公介绍说："这个岛叫雷公岛。当年雷公爷爷下凡执行公务，曾在这岛上住过，这个岛长得像雷公的嘴一样，因此，这岛的小名就叫雷公嘴，大名叫雷公岛。又因为当年雷公在岛上时，曾把帽子丢在岛上，所以，又叫帽子洲。"

土地公公以当地土地官的身份热情而滔滔不绝地向海花、海宝介绍了雷公岛的风土人情，之后，又领着海花、海宝到岛上各处走走看看。

海花、海宝跟着土地公公一边走，一边看，她们看到，雷公岛与中心沙

比起来显得更有特色。

但见——

冬至阳生四季花，浓茵遍地绿披纱。

轻摆垂柳拂面过，枝头黄莺叫喳喳。

又见——

青青麦苗铺田涯，农夫斜阳晒桑麻。

池塘碧波鱼跳跃，果实累累枝头挂。

更见——

一二黄犬屋檐下，三四雄鸡唱晚霞。

五六山羊堤坡走，八九鹅鸭水打花。

土地公公仙须飘飘在前头引路，海花、海宝携手紧随。说不完的小岛轶事，看不够的水乡风情。

忽然，土地公公想起来问："你看我，树老根多，人老话多，只顾自己啰里啰嗦，忘了问姑娘、小伙叫什么名、从哪里来、到哪里去！"

海花道："公公，我叫海花，他叫海宝，他是我的男朋友。我们是从南海逃婚来的，现在已加入东邦国籍。"

公公听后，哈哈大笑："你看我这记性，上次召开江防会议，传达东海龙王的旨意，要江湖各地热情接待你们，我因为处理一个民事抽不开身，请假让土地婆婆开会去了，婆婆回来也跟我汇报过这件事，我一时忘了。抱歉！抱歉！"

海花："不碍事，不碍事！要说到哪去嘛，哎，公公，早听说过'上有天堂，下有苏杭'，我们想要在'苏杭'安家呢！"

土地公公道："姑娘，要我说嘛，'苏杭'是个大概念，大地方，这里就属于'苏杭'，这里并不比'苏杭'差！看过中心沙、雷公岛，你们都赞不绝口，留恋不舍，可是这还是岛外岛呢！我要再带你们去看一个地方，你们更要夸到天上去呢！"

海花、海宝嚷着要土地公公立即带他们去那个地方。公公却不紧不慢地说："要去那个地方不难，但得先把你们的名字改一改。"

"改名?"海花、海宝不解地问。

"对,改名。'海花、海宝'都有个'海'字,那是海里的名字,如今到了河里,就得叫河里的名字。"公公道。

"那就请公公给我们起个名吧!"海花央求道。

"也罢! 我们这里虽然叫长江,其实是母亲河,这河非常非常长,东到大海,西到九天银河,真所谓'母亲河水天上来',我们都是喝母亲河的水长大的,我们离不开母亲河,你们就叫河豚吧!"

"河豚?"海花、海宝道。

"对! 你是个姑娘,人又长得如花似玉,身材柔柔像杨柳,就叫花河豚;你是个小伙子,小帅哥,黄皮肤,就叫橘黄豚。"

"花河豚? 好好好! 花河豚,花河豚!"海花道。

"橘黄豚? 好! 好! 橘黄豚!"海宝道。

"谢谢公公! 谢谢公公!"海花、海宝连连道谢。

土地公公哈哈大笑着说:"不用谢,不用谢,到你们大喜的日子可别忘了请公公喝杯喜酒哟!"

海花、海宝道:"一定,一定!"

海宝:"到时我们还想请公公为证婚人呢!"

"哈哈哈哈! 做个现成的媒人,何乐而不为呢?"土地公公大笑。

花河豚若有所思:"哎,公公,以前的名字是南海龙王给起的,他是我父王;如今这名字是公公您给起的,不如这样,您若不嫌弃,就做我的干爹吧!"花河豚说着便"扑通"一声跪拜在土地公公面前。橘黄豚也跟着"扑通"一声和花河豚并肩稽首跪下,口称干爹。

土地公公见状吃惊不小,连呼:"不敢当,不敢当! 姑娘、小伙快快请起,快快请起!"

花河豚、橘黄豚道:"干爹若不答应,我们就不起来!"

土地公公道:"哈哈哈,好好好! 我答应,我答应! 哈哈哈哈……"

花河豚、橘黄豚易了名,又拜了土地公公为干爹,这一对小情侣格外开心。土地公公也一样,陡然间,从天上掉下来这一对干女儿、干女婿,心里也是有说不尽的高兴。土地公公整天陪小两口在雷公岛游玩,给他们讲雷公岛的轶事,欣赏雷公岛的自然风光。

在土地公公的热情款待和再三挽留下,花河豚、橘黄豚暂时在雷公岛住了下来。

冬去春来。一天,花河豚忽然想起一件事,缠住土地公公说:

"公公干爹,您说过,还要带我们去比这更好的地方,这里已经是人间天堂了,比这更好,那岂不是天堂里的天堂了吗?在哪儿呢?你就带我们一起去看看吧!"

花河豚拉住公公的手摇个不停。土地公公捋了一下白花花的胡须,乐呵呵地说道:

"它嘛,其实也不远,唉,隔江相望,就在扬子江中,叫太——平——洲!"

花河豚:"扬子江中的太平洲?"

土地公公:"对,好吧,干爹这就带你们去!"

第七章　扬中岛二豚参观　太平洲三仙相会

阳光灿烂,春意融融。土地公公领着花河豚、橘黄豚,横穿雷公岛夹江,一路向扬子江中的太平洲走来。

不一会,过了夹江,来到一个小码头,公公告诉他们:"这是新坝丰乐桥码头。这个岛就是太平洲扬中岛。"

花河豚问公公:"公公干爹,我们在南海时怎么没听说有这么个岛呀?"

公公道:"姑娘啊,说来话长。你知道,很早很早的时候,这里乃是茫茫的沧海,长江的入海口在京口、瓜洲一带。那时,这里可是一个多灾多难之地呀!一是海盗猖獗,经常打劫漂洋过海的客商;二是兵燹年年,老百姓不知受了多少灾殃;三是海风频发,海浪滔天,出海打鱼的人们常常猝不及防,滞留大海,前不近港,后不靠岸,结果往往葬身鱼腹。一次,玉皇大帝视察此地,发现人类的诸多疾苦,便派王母娘娘下凡,为民解难。一天,王母娘娘奉旨来到这里。正赶上这里狂风大作,浊浪翻滚,骤雨倾盆,王母娘娘脚踩云头,从头上轻轻拔下一根金簪向大海一抛,只见天空电光一闪,立刻,风停、雨住、浪平,海口北归东移,这里便成了长江,并相继涨出了太平洲、中心沙、雷公岛。"

"这么说,这些岛屿都是从天上落下来的啰?"花河豚惊奇地说。

"是的,后人有诗为证。"土地公公说完便念道:

> 大江东去欲何至,天落三岛集于此。
>
> 放眼烟波千万事,太平地处太平时。

土地公公继续道:"从此,海风海浪一去不返,兵燹海盗不再猖獗。渔人把这里作为避风港,商人在这里栽下摇钱树,农人将这里奉为聚宝盆。游人视这里为游览胜地,旅人视这里为江心跳板。穷人来这里拓荒,富人来这里休闲,神仙来这里寻根。这里成了真正的太平洲。"

土地公公边说边走,花河豚、橘黄豚边走边看。

他们来到圌山脚下,有首《西江月》为证:

> 青山粼粼江中,绿水倒映日红。宝塔山下彩练飞,天堑金桥一纵。
> 桥上车水马龙,桥下轻舟争锋。百里长堤太平洲,美景谁人不颂!

他们来到迎江土地花苑,但见土地花苑之美,有首《水调歌头》为证:

> 风暖揽江楼,登楼望高远。到处郁郁葱葱,春色满江南。眼前燕舞飞飞,耳边莺歌田田,景色多流连。无限风光里,一片好河山。 环园走,绿荫下,柳拂面。何来响声?池鱼碧波跃蹁跹。遍地百花盛开,普天阳光灿烂,蝶恋花蕊甜。好似天堂里,不似在人间!

他们来到农家小村,但见农家小村之淳朴,有《忆江南》四首为证:

> 水乡村,风景更烂漫:宇台亭阁农人居,小桥流水听蛙蝉。能不忆江南?

> 水乡美,最美是家园:日出田野映碧玉,春来桃花展笑颜。香飘十里远。

> 水乡美,其次是农田:"喜看稻菽千重浪,遍地英雄下夕烟"。鱼米最新鲜!

> 水乡美,更美庄稼汉:诚实淳朴热汗流,惜土耕耘盘中餐。人勤地不闲。

他们来到太平洲岛城,但见岛城之壮观,有首《蝶恋花》为证:

拔地小楼一幢幢,马路宽敞,洁净又明亮。街道两旁绿阴茏,更有鲜花开放。　路上行人露笑靥!商品琳琅,市场交易旺。花城神岛都市情,九天嫦娥谁不想?

花河豚、橘黄豚随土地公公一路参观浏览,一路赞不绝口。她们深深地爱上了这片土地。花河豚道:"公公干爹,俗话说'百闻不如一见',今天真正让我长了见识。这里的环境真美,龙宫哪里比得上呀!这里的人也美,和谐、淳朴,好比公公干爹您!什么是天堂?我以为,这里是真正的天堂,这里是真正的乐园,这里就是我们的家!"

花河豚让公公明天就把他们的户口落在扬子江中的太平洲,公公愉快地答应了。

翌日,土地公公领着花河豚、橘黄豚来到户部设在当地的户籍登记管理处,亲自为他们办理了户籍登记。

从此,河豚在长江流域报了户口,并在扬中岛上的太平洲定居下来。

花开花谢,年复一年,日复一日。

一日,花河豚、橘黄豚决定在江城酒楼设宴,请土地公公干爹牵头,邀请乡里乡亲吃饭。乡邻们陆陆续续来到江城酒店,花河豚、橘黄豚站在店门口迎接并一一打招呼。忽然,有两个人飘然而至。这两个人不见也罢,及至见了面,着实让花河豚、橘黄豚又惊又喜。

你道这两人是谁?一个是大力士鲥鱼,另一个是小子牙刀鱼。河豚、鲥鱼、刀鱼万万没有想到,患难相交的好朋友会在异国他乡的太平洲见面。

刀鱼、鲥鱼如何来到扬中,又如何成了河豚的乡邻?详细情况,下回分解。

第八章　土地公公嫁干女　大力哥哥醉洞房

话说花河豚、橘黄豚在江城酒楼摆酒设宴邀请乡邻时与鲥鱼、刀鱼意外相会,四人感慨万分。两河豚与鲥鱼、刀鱼另席叙话。鲥鱼、刀鱼叙述着别离后的情景。

原来，鲥鱼、刀鱼自南海义释花河豚后，南海龙王因抓不着鲥鱼、刀鱼私自放人的把柄，结果分别就地革了他俩御林军小队长、小队副的职，并由刑部判了他俩玩忽职守罪，发配到身毒洋充军。鲥鱼、刀鱼在充军路上吃尽了苦头，多次遭遇海贼、海盗的打劫，又差点被海猪、海豹吃掉，到身毒洋服役时，又受到管营的百般虐待。鲥鱼、刀鱼斗智斗勇挣脱了羁押，逃离了身毒洋，来到东海，几经辗转又来到长江流域的扬中太平洲，并在这里安家落户。鲥鱼开发江滩种植了十万余亩芦柳，又在芦柳滩里发展渔业生产，使扬中岛成了长江流域鱼的世界。刀鱼头脑比较聪明活络，具体做商业营销，鲥鱼开发生产的芦柳经手工作坊加工成精致的工艺品，由刀鱼远销到海外。今天，刀鱼刚从南亚波斯回来，听到土地公公的聚餐通知，就与鲥鱼相约一起来了。初时，他们只知道是两个刚入户的河豚的邀请，及至见了面，才知道两位河豚原来是当年的海花和海宝。真是"好人多相会，他乡遇故知"呀！

　　花河豚、橘黄豚也述说着他们的西游经历，对刀鱼、鲥鱼的帮助没齿难忘，对他们因为解救海花而被判充军及遭遇劫难深表歉意。四位患难兄妹相叙相慰，互勉互励，更加亲切友好，不在话下。

　　河豚请客后，周边乡邻水族与之交往更加密切，大家在大江大河之中共同生活，相居为安，各事各业，也不在话下。

　　时间过得真快，不知不觉春分已过，清明即将来临。这天，花河豚、橘黄豚相约来到土地公公家里，要与土地公公干爹商量结婚事宜。恰这时土地公公去东海龙王那里开会不在家，独土地婆婆在家。土地婆婆忙着给花河豚、橘黄豚让座、沏茶，并絮絮叨叨地说："干女儿、干女婿呀，你们俩也都老大不小的了，应该择日把婚结了，我跟土地公公常念叨，都急着抱干外孙呢！"花河豚道："干妈呀，我们就是为这事来同干爹干妈商量的。虽然我们俩相亲相爱，为抗婚从南海来到长江，但我们追求进步，相约事业不成不结婚。现已安居乐业，决定把婚结了。"说话的当儿，土地公公乐呵呵地回来了。

　　花河豚、橘黄豚见公公回来，忙起身相迎："公公干爹，您回来了！"公公道："坐，坐！你们来得正好，本来我和你干妈商量这两天还要去找你们呢，都大姑娘、大小伙子了，要赶快选择一个良辰吉日，把婚事办了，我们也好

早点抱干外孙哟！呵呵呵呵！"婆婆道："我们也正说着呢！"花河豚道："我们今日来，就是请公公干爹做主，给选个日子呢！"公公道："我与你干妈排了一下，清明节的前三天、后三天都是好日子，三月十五是清明节，那就前三天，三月十二吧！"花河豚悄悄拉拉橘黄豚道："还不快谢谢干爹。"橘黄豚、花河豚道："谢谢干爹！谢谢干爹！"公公大笑："呵呵呵呵！"婆婆也乐："哈哈哈哈！"

结婚的日子既定，土地公公及两河豚各自张罗相关事情。两河豚分别通知乡邻到时光临喝喜酒；土地公公、土地婆婆安排干女儿的嫁妆；刀鱼为他们请来了戏班子、吹鼓手，并把三月十二作为春社日；鲥鱼为他们新婚之夜铺床叠被；一切都在紧张有序地进行中。

很快，新婚之日到了。这一天，春光烂漫，万里无云，百花盛开，真所谓"日出江花红胜火，春来江水绿如蓝"。扬中岛到处莺歌燕舞，管乐升平，鲥鱼请来的戏班子搭起了戏台，方圆百里的人们奔走相告，争相观看社戏，庆贺河豚新婚之喜。

晚上，举行了两河豚的结婚典礼。婚礼由土地公公主持。

公公道："婚礼开始，音乐起，全体起立，唱《河豚歌》。"

众人齐唱：

竹外桃花三两枝，春江水暖鸭先知。

蒌蒿满地芦芽短，正是河豚纵情时。

音乐声中，花河豚、橘黄豚双双携手缓步登场。土地公公自称月下老人。土地公公道："花河豚、橘黄豚实属青梅竹马，两小无猜，现已水到渠成，理当合卺，承接香火，繁衍子孙。"

刀鱼宣读了证婚词："花河豚、橘黄豚虽属自由恋爱，但有其干爹土地公公、干妈土地婆婆为媒，有刀鱼、鲥鱼及四乡八邻为证，手续齐备，程序合法，婚姻有效。"

接着，鲥鱼高喊："夫妻双方拜礼开始——一拜天地：皇天后土，庇佑众生；二拜高堂：父母在上，万寿无疆，现由干爹、干娘受礼；三拜亲戚邻友：互敬互爱，互助互帮；夫妻对拜：夫妻恩爱，福禄寿康！"

尔后，土地公公高声朗读给干女儿的陪送嫁妆。

公公道："本土地一心为民，两袖清风，无他资相馈，仅以'土地'相赠，望以'土地'为本，'勤勉'为怀。"边说边手拈胡须，摇首吟诗一首：

> 万里长江任翱翔，扬子江畔是家乡。
>
> 千顷绿芦织锦绣，水为帐幔地作床。

有人笑曰："公公，您乃一方土地，哪来这么大的权力，出手如此大方，竟以万里长江、千顷绿芦许为嫁妆？"

公公哈哈大笑："土地乃万物之本，劳动乃众生之源。土地最为大，连着万千家，上顶天，下接地，中间还有层空气哩！你明天结婚，我一样以土地相许为贺礼！哈哈哈哈！"

众人大笑。鲥鱼、刀鱼以大伯子自居，簇拥着花河豚、橘黄豚一对新人进入洞房。

最后，音乐高奏，笙鼓齐鸣，花旦、小生登台表演。但闻：

> 阵阵鼓乐冲云霄，婉婉歌声聚飞鸟。
>
> 春风又绿江南岸，欢男爱女展欢笑。

鲥鱼举杯共饮，台上台下一片欢腾。但见：

> 觥筹交错多欢腾，猜拳饮酒看戏文。
>
> 天地和谐水乡美，其乐融融比尧舜。

是时，有诗为证：

> 斗角飞檐老戏台，佳人将相走马来。
>
> 三乡五里亲朋聚，七嘴八舌话兴衰。
>
> 姑嫂妯娌妆溢彩，后生小伙眼发呆。
>
> 对对藏身麦垛后，双双学道梁祝白。

鲥鱼一时高兴，喝得兴起，一杯一杯，直喝得趔趔趄趄、摇摇摆摆。不过，酒醉心明，忽想起要为新郎、新娘铺床叠被的事，鲥鱼提着个酒杯，来到了洞房，这时，酒力发作，酒气上涌，站立不住，"扑通"醉倒在洞房里。后事如何，下回分解。

第九章　保金山智斗法海　护苍生力助素贞

且说大力士鲥鱼在花河豚、橘黄豚的婚宴上一时高兴，多喝了两杯，直喝得酩酊大醉，结果，跌倒在洞房里，众人将其扶到一旁休息醒酒去了。

再说两河豚结婚后，相依相偎，如胶似漆，如糖似蜜，度起了甘霖日月，不久花河豚排卵生子，扬子江畔、芦苇丛中，到处播下了河豚的种子，这就给后世留下了许许多多扬中是河豚真正故乡的美好传说。有话则长，无话则短，此事不再赘言。

单说是时，在峨眉山修炼千年成正果的白蛇精白娘娘，凡名白素贞，不甘天堂寂寞，来到人间苏杭，与凡人许仙结为夫妻，并和许仙一起创办了药铺，卖药问医，千方百计为苦难大众救死扶伤，而这却惹怒了镇江金山寺的住持法海。法海意欲收服白素贞，揭穿其白蛇的真身，挑拨许仙与白素贞的关系。因此，他无事生非，无端惹事，多次刁难、陷害白素贞。一天，法海把许仙骗到金山寺，编造了白素贞的许多坏话，告诉他白素贞是可怕的白蛇精变成的，与之相处即与妖精相处，并将许仙滞留在金山寺中。

对婚姻爱情十分忠贞执著的白素贞了解到许仙被法海软禁于金山，焦急万分，决计要救出许仙。但碍于法海法力强大，白素贞思量依靠自身力量根本无法战胜，只有借助水力攻击。这一天，白素贞和同来人间的修炼五百年而成道的青蛇小青一起，从东海借来了虾兵蟹将，她们要水漫金山救许仙，施展法力困法海。

刚刚度完蜜月又大量产卵生子，身体虚弱还没来得及恢复的花河豚知道了这件事，立即与夫君橘黄豚商量，她既要协助白素贞打败法海，救出许仙，成全这对不寻常的恩爱夫妻，又要利用水势，吓阻邪恶，把民生伤害降到最低限度。

花河豚说："夫君，如今素贞姐姐有难，我们当然不能袖手旁观，一定要帮她解危救人，但又不能水漫金山，伤及无辜，怎么办？"橘黄豚说："娘子不用过多操心，你的身子还不太好，待我把大力士鲥鱼、小子牙刀鱼两位哥哥请来，一道商量商量。"花河豚道："那你快去快回！"橘黄豚急急地去了。

一会儿，橘黄豚带着鲥鱼、刀鱼一同回来了。他们坐下来一起商量，最后形成一致意见:只能智取,不能强攻,决不能累及无辜民生。计议已定,三仙(河豚、刀鱼、鲥鱼)决定参加会战。花河豚也要参战,橘黄豚、刀鱼、鲥鱼极力阻止,最终还是拗不过花河豚的倔脾气,花河豚同他们一起加入金山会战。

这一天,花河豚、橘黄豚、刀鱼、鲥鱼一行各带兵器,全副武装向镇江金山进发。不时便来到金山脚下,只见江边聚集了黑压压的虾兵蟹将,阵容颇为壮观。白素贞正在与虾兵蟹将的总兵讨论水漫金山的计划,战争一触即发。如果计划一旦实施,漫天的大水不只会使金山垮塌,还会造成整个镇江顷刻间成为汪洋泽国。

花河豚顾不得歇脚,随即来到白娘娘帐前。白素贞看见花河豚、橘黄豚、鲥鱼、刀鱼都全副武装地来了,十分感动。白娘娘道:"真是想不到河豚妹妹及众兄弟能赶来帮助我。前时河豚妹妹结婚,我吃了喜酒就匆匆回了,因为家里开了药铺,又要替人看病,人手少,忙不过来,没和妹妹好好聊聊,本打算过段时间稍微轻松点,专程去看望你。谁知道这法海设计陷害我,现了我的原身,骗走并软禁了我的夫君,这深仇大恨我怎能不报?"花河豚道:"好姐姐,仇一定要报!但,一定要智取,不能强攻;一方面姐夫要救出来,另一方面又不能'大水冲倒龙王庙,一家人不认识一家人',伤及无辜百姓苍生啊!"白素贞说:"好妹妹,你有什么两全之策吗?""我已请来钱塘江的三神——潮神、江神、水神,他们一会儿就到,我们必须……方可确保无虞。"花河豚俯在白素贞耳边道。白素贞道:"还是妹妹的主意好,我是事到当头难哪!就按妹妹的主意办!一会我与青儿跃上云头与法海面对面交战,水下兵力部署由妹妹全权指挥!""姐姐但请放心,水漫金山我将见机行事,可你得千万千万当心啊!"花河豚道。

却说金山寺住持法海把许仙骗到金山寺,并把他软禁起来,要他和白素贞断绝夫妻关系。许仙虽然知道素贞娘子是白蛇修炼成仙,但也深深体会到她的温柔、善良和勤勤恳恳,并且白娘子还为他舍生忘死盗仙草,忍辱负重斗法师,现还为他身怀六甲。因此,他思念娘子之心越来越切,思考设法逃离法海的禁押。

再说法海把许仙关了起来,知白素贞定会来解救。果然,山下小和尚来报,山脚下的江里面虾兵蟹将成千上万,个个手持刀枪剑戟,他知道这一

场恶战在所难免。说时,果见金山寺云头立着白素贞及青儿。只见白素贞对着金山寺院内大声叫战:"法海,我与你往世无怨,近世无仇,我来人间,与你何妨?你何故三番五次陷害我,拆散我夫妻?你若把我的夫君放了,我们便化干戈为玉帛;否则,我将水漫金山,叫你死无葬身之地!"法海身披袈裟,颈挂佛珠,手拿金钵,双掌合起,口中念念有词:"南无阿弥陀佛!"转而道:"孽障,休得胡言,还不快快下降受缚!"青儿娥眉倒剪,双目如剑,怒道:"姐姐,别和他啰嗦!秃驴,人面兽心的秃驴,看剑!"法海:"嘿嘿,小妖女,来吧,本大师正等着你呢!"白素贞:"法海,睁开你的狗眼看看,这冲天的大潮上来,看你还嘴硬?"

说时迟,那时快,青儿挥舞双剑直刺向法海。白素贞也手持宝剑,舒展腰肢,抖擞精神,杏眼圆睁,冲向法海。法海凭借强大的法力,也不示弱,且不慌不忙,摆开架势,迎战两姊妹。两姊妹并肩作战,青儿越战越勇,白素贞稳打稳扎,法海左拦右击,你来我往,左冲右突,直杀得雾霭蒙蒙,天昏地暗。

这时,钱塘江"三神"——潮神、江神、水神一起来到。他们按照花河豚的号令各就各位,按兵不动,虚张声势。水神引来一江春水;江神紧紧护住江岸,不使堤坡坍塌;潮神"轰"的一声,把个江水推出了几十丈高,声音像惊雷,浪花像飞瀑,连金山宝塔也被打湿了;花河豚口中念念有词,手一挥引来千千万万个河豚的化身,并各执刀枪,把个金山寺围得水泄不通,呐喊声震耳欲聋。如此这般,直吓得大小和尚屁滚尿流,鬼哭狼嚎,到处乱窜。

法海一面在云头上大战白素贞和青儿,一面让和尚们镇静、镇静、再镇静,不要惊慌。白素贞已身怀六甲,花河豚生怕她有所闪失,一面派橘黄豚、小子牙刀鱼、大力士鲫鱼跃上云头围战法海,一面让虾兵蟹将击鼓鸣号助威。一时间,整个金山寺笼罩在一片厮杀,一片刀光剑影,一片惊天动地、排山倒海的江涛轰鸣之中。

许仙趁乱逃出了金山寺。

一会儿,花河豚派出刺探许仙消息的小虾喽喽回报说,许仙已逃离金山寺,往杭州方向去了。花河豚闻言,立即让江潮停止轰鸣,并号令鸣金收兵。白素贞本来已体力不支,见鸣金收兵知许仙已经脱身,便和青儿且战且退。法海因虑及金山水漫以及软禁关押在金山寺的许仙,也无心恋战,

且回金山寺去了。

白素贞及青儿在回杭州途中，一路寻找许仙，走到断桥时，恰逢许仙也走到那里。夫妻相见，抱头痛哭，共诉衷肠，重归于好，夫妻双双及青儿仍回杭州老家去了。

"水漫金山"这一仗，花河豚其实用的是虚张声势之计。花河豚知道法海法力广大，白素贞、青儿无法战胜，只是让其引出法海，拖住法海；潮神拿出了钱塘江涌潮的手法，"只响雷，不下雨"，只是鼓动响潮，造成气势，没有让潮水真正冲击镇江的无辜苍生。果然，法海中计。自此，战斗胜利结束。潮神、江神、水神仍回钱塘江居住，虾兵蟹将各归东海复命，花河豚收回化身，并和鲥鱼、刀鱼一行四人依然返回扬中岛太平洲不提。

后事如何，下回分解。

第十章　妙龄女计献白丸　老婿儿抢喝黄汤

话说河豚夫妇及大力士鲥鱼、小子牙刀鱼协助白娘娘水漫金山后，依旧各回扬中岛太平洲居住。

花河豚主要精力放在相夫教子上，有时和夫君橘黄豚带着幼子去雷公岛看望土地公公、土地婆婆。公公、婆婆有时留他们在岛上住些时日，然后再让他们回太平洲。

那时候，这里风调雨顺，生态优美，百姓安居乐业。河豚夫妇勤俭持家，与人为善，与乡邻和睦相处，虽然生活平淡，倒也相安无事。夫妻俩事业上也颇有成就，他们利用得天独厚的自然资源新建了醉仙阁，主要经营餐饮行业。一段时期，河豚家族兴旺，成为扬子江一带的一个大家族。

鲥鱼在西来桥西岸口居住，并与一东海溯流而上的鲥鱼妹妹相爱结婚，婚后夫妻恩爱，儿孙满堂，夫妻俩除种植芦柳外，还在幸福乡建造了福仙馆，也经营餐饮行业。

刀鱼亦居有定所，具体住址在八字桥。刀鱼平时游走四方，后把南洋刀鱼小姐带回扬中八字桥成婚，夫妻俩受河豚、鲥鱼的影响，也在八字桥口开办了八仙楼，经营餐饮行业，平时八仙楼主要由南洋刀鱼小姐经营，小子牙仍然在海内外做贸易生意。

当时,醉仙阁、福仙馆、八仙楼名噪一时,它们共同的特点即货真价实,价廉物美,菜鲜迷人。

特别是河豚夫妇经营的醉仙阁里的鲜白丸,原料乃芋艿刮去外皮,剩下雪白雪白的芋艿肉,然后提江水之精,取日月之华,吸天地之灵,炼白丸之妙,即合成鲜白丸。又利用仙术,变为千千万万幻化河豚的精巢。鲜白丸营养丰富,人凡食之,能延年益寿,返老还童。早年,江南一带常常蝗虫成灾,饿殍遍野,河豚夫妇为拯救天下苍生,用千千万万幻化河豚的精巢(鲜白丸)填充人们的食粮,救了千千万万的人类。

鲜白丸丰腴鲜美,柔嫩酥软,洁白如乳,入口即化,食之有美妙绝伦的感觉,时人不知该如何形容,有人联想起越国美女西施,于是称之为"西施乳"。自此,河豚饮食文化在扬子江畔兴起。有诗为证:

> 春州生荻芽,春岸飞杨花。
> 河豚当是时,贵不数鱼虾。

又证:

> 河豚,水族之奇味,唯美之佳肴,为天下人之倾倒;世传其杀人,但见用蒌菜、蒌蒿、荻芽三物煮之,土人户户食之,亦未见死者。

一日,有个贪鄙奸横的权臣严太师,已是80多岁的垂暮之年,依然不忘下乡搜刮民脂民膏,以及搜寻民间妙龄少女。相传扬州多美女,正是烟花三月的季节,太师老儿欲前去扬州寻美,当走到三江营地方,突遭遇大风,船只只好就近停靠在雷公岛。

当地县令姓培字马皮,人称"拍马屁"。这天,拍马屁闻得严老太师滞留雷公岛,急忙赶来岛上接待。第二天,风平浪静,春光和煦,拍马屁县令领着严太师观赏岛上风光,巧遇正在岛上看望土地公公、土地婆婆的河豚夫妇。太师老儿一眼就看见了花河豚,道:"人说扬州出美女,这名不见经传的雷公岛也有此美女!"看着看着,简直把个眼睛都看直了,他说什么也不相信自己的眼睛,以为看见了天仙。愣愣地自言自语道:"本太师府中美女如云,岂有一个能和此女媲美乎?"当下起了淫心,欲纳其为小妾。拍马屁县令一眼就看出了严老太师的心思,连忙把土地公公及花河豚传到面前。

　　拍马屁问土地公公:"尔等何方人士,何故在此? 还不快快拜见太师大人!"土地公公道:"我等乃太平洲小民,因干女儿探望老夫来此,有眼不识泰山,不知大人驾到,失迎,失迎!"拍马屁又问道:"此美人儿可否送与太师为妾,早晚侍奉于太师左右?"土地公公笑道:"大人听禀,小民之女,现已嫁人并生儿育女,再奉太师,万万不可! 万万不可!"拍马屁怒道:"好个不识抬举的老东西,敬酒不吃吃罚酒! 这事可容不得你肯与不肯,莫要给脸不要脸! 来人!"

　　左右衙役正要动手,严老太师假惺惺地喝道:"慢,不得无礼!"转而又嬉皮笑脸地对土地公公道:"老人家,我乃本朝太师,纳令爱为妾,此实为老人家及令爱前世修来之福!"公公欲再拒之,花河豚在一旁察言观色,自忖:"哼,癞蛤蟆想吃天鹅肉! 硬顶可能反而达不到预想的效果,不如设计惩罚他!"想到此,轻轻拉了拉公公的衣角,道:"干爹,太师大人既然看得起小女,这是对咱们的抬举,自古'人往高处走,水往低处流',荣华富贵等着我们去享,我们岂能拒之门外呢!"土地公公心知肚明,已晓得干女儿另有谋算,故而顺水推舟:"也罢,既然干女儿愿意,老夫何敢再言。这也许是老太师前世之缘,干女儿今生之福吧!"

　　"不过,老太师得依小女子三件事!"花河豚话锋一转道。

　　"别说三件,300件也依! 但请美人说来我听。"严太师忙不迭地应道。

　　花河豚道:"一要太师回京城后明媒正纳。"

　　严太师:"一定! 一定! 那就请干爹为媒!"

　　花河豚又道:"二要大摆宴席,宴席当讲排场,要用当今世上最高档的菜肴招待宾客,方显老太师纳妾之诚。"

　　严太师:"当然! 当然! 据说当今世间最高档的菜肴当为扬中岛上醉仙阁的鲜白丸。培老爷,鲜白丸一事由你来全权操办!"

　　培马皮县令躬腰忙道:"太师放心,卑职一定效劳! 一定效劳!"

　　花河豚继续道:"三是老太师虽知小女已婚仍不嫌弃纳以为妾,小女感激不尽;只缘旧夫待妾不薄,现撇下他一人,弃旧迎新,妾心实为不忍,望能携之随京,太师大恩大德,给谋一职事以谋生。"

　　严太师有些迟疑:"这,这,这,他可有一技之长?"

花河豚道:"旧时曾学有掌勺技术。"

严太师:"那就到本府厨房做一掌勺师傅吧。"

当下,太师老儿心花怒放,扬州也不去了,立即起程回京。培县令不敢急慢,随即从醉仙阁购得大量由花河豚创制的幻化了的鲜白丸。太师为防万一中毒,还从醉仙阁挑选了专业的鲜白丸烹饪师傅,一起进京,并把土地公公干爹作为人质带到京城。

婚庆那日,当朝重臣、达官贵人、地方要员等宾客云集,纷纷前来恭喜道贺,严府热闹非凡。当最后一道香喷喷、粉嫩嫩的清炖鲜白丸端上桌时,香飘四溢,在京城吃腻了山珍海味的达官贵人们垂涎欲滴,争相食之,一眨眼工夫,一大盘鲜白丸早已入口下肚化为乌有。

严老太师的那一桌主要有土地公公、土地婆婆及扬中岛上来的几个伴娘。太师老儿打破常规,特别把新纳的美人儿也请到宴会大厅和自己坐在一起,一是炫耀新娘子的美貌,二是显示老夫少妻的恩爱。大家对着这一盘新上的鲜白丸,你推我让,太师老儿嘴馋得实在忍不住了,道:"你们客气,我先带个头。"说着,连夹了两块送到嘴里,并连声说:"好吃,好吃!好鲜,好鲜!大家一起来,吃、吃、吃!"

正当大家兴致勃勃地舔着油腻腻的嘴唇、品评着鲜白丸的美滋美味时,内厅一桌有一身穿长褂白面书生模样的小伙子,突然倒地,口冒白沫,浑身抽搐,不省人事。

"中毒了,中毒了!有人中毒了!"有人大喊。

婚宴一派哗然,内厅、外厅乱作一团。

太师府的爪牙们直奔厨房捉拿厨子,可厨子一个也不见了。

太师老儿也慌成一团,连呼:"怎么办?怎么办?"

新娘子道:"老太师,不急!我有办法。"

老太师犹如抓住了救命稻草,忙道:"美人,你有办法?何以解毒?"

新娘子不慌不忙地说:"可用黄汤解之。"

太师老儿问道:"何为黄汤?"

新娘子道:"粪水。"

严老太师即刻下令去茅厕担来粪水。

为了解毒活命,那些当朝重臣、达官贵人,包括太师,谁还顾及颜面尊严,你争我夺,抢着喝粪。

只见:人人端起碗,个个扬起脖,管它脏与臭,闭上眼,伸直喉,"咕噜,咕噜"将粪水喝下。然后,"哇哇"地将抢食的鲜白丸等食物全部呕吐出来,甚至连五脏六腑都要吐出来了。"婚宴"变成了"昏宴","喜庆"变成了"哀号"。霎时间,婚宴礼堂里,臭气熏天,杯盘狼藉,一片哀声。有诗为证:

> 俗说拼死吃河豚,其实河豚不毒人。
> 今来婚宴喝黄汤,春秋笑话未有闻。
> 古往多少鬼与神,总是自身吓自身。
> 为人不做亏心事,半夜敲门心不惊。

话说第一次到京城来的四面环江的乡下人,忙完了鲜白丸这道菜,都跑到街口看光景遛街去了,府丁们把他们一个个抓了回来,正想拷打问罪,这时候,那位倒地的小伙子忽然苏醒过来。原来这小伙子不是别人,正是新娘子的原配丈夫。小伙子醒来,道出了事情的原委。他说:"小民我原有癫痫病,今天看见自己的爱妻陪人家喝酒,很快就要成为别人的新娘,心里难过。上完菜,其他厨子都上街玩去了,我无心玩,坐下喝了两口闷酒,越想越气,陡然间,脑子一昏,癫痫的老毛病发作……"

80多岁的太师老儿本来就体衰多病,又经过喝黄汤的折腾,加上婚宴礼堂的丑闻,一传十,十传百,变得京城大街小巷家喻户晓,妇孺皆知,人人都把它作为茶余饭后的笑谈新闻。严老太师这一气,非同小可,当时就病倒了,第二天就一命呜呼了!又有诗为证:

> 贪心不足蛇吞象,引火烧身祸殃临。
> 八旬老儿抢人妻,一朝呜呼警世人。

后来,大家才知道,小伙子的倒地装病乃新娘子预先安排好的惩罚贪官污吏的谋略。

惩恶扬善的计划完成,太师老儿的婚庆礼堂变成了吊丧的灵堂,当下人心大快,奔走相告,额手相庆! 河豚夫妇及土地公公等悄然离京,仍回扬中太平洲不提。

后事如何,下回分解。

第十一章　醉仙阁王母忘归　三鲜菜扬中扬名

河豚夫妇回到太平洲,依然分别和刀鱼、鲫鱼各自经营着餐饮行业,和平常人一样,过着日出而作、日落而息的平平淡淡的生活。同时,西游长江、智斗法海、喝黄汤事件等故事,使花河豚美丽善良、助人为乐、大智大勇、爱护苍生之美名不胫而走。

使花河豚享有盛名的当不仅于此,更在于她造福众生,利用幻化了的河豚及其鲜白丸,创造了世上绝无仅有的美味佳肴,使得河豚文化得以开发和弘扬,天下人为之倾倒。

扬中岛也因此名扬四海,成了一块神岛福地,特别是每年"烟花三月"慕名前来参观、鉴赏、学习、探寻河豚文化的人们络绎不绝,甚至惊动了玉皇大帝。

一天,王母娘娘忽然想起一件陈年旧事,她对玉皇大帝道:"天帝陛下,当年,我奉您的御旨来到东海母亲河口段考察,看到那里海浪翻滚,浊浪滔天,魔妖横行,兵盗肆虐,打鱼的常常葬身大海,过洋的常遭海盗打劫,人类苦不堪言,即手抛金簪,天落三岛,时海口东移北归。从此,那里成了长江的中下游,太平洲等三岛即坐落在长江之中。如今三岛那里情况不知如何?今日蟠桃会上,八仙之何仙姑提及扬中太平洲之美,现时蟠桃会已散,暂时闲暇无事,不如待臣妾下凡,去三岛走走看看如何?"

玉皇大帝道:"一如仙姑所言,也算娘娘之功德。有劳娘娘,再亲自现场视察一下。但还望娘娘早去早回,勿过辛劳!"

王母娘娘道:"陛下放心,臣妾去去就来!"

王母娘娘虽贵为瑶池之主、玉皇大帝的夫人,倒也想到说到,说到做到,雷厉风行。当下,她手理鬓发,轻移莲步,辞别玉帝,驾起云头,径直向大地母亲河飘然而来。

不一会儿,王母娘娘便来到三岛之一的太平洲上方。她拨开云雾,朝下一看,呀!了不得!这里真可谓今非昔比,到处春意盎然,郁郁葱葱。

看扬子夹江,成了鱼的家园,但见:

春光艳艳映夹江,河豚滚滚水荡漾。

鮰鱼肥,虾儿壮,刀鱼鲥鱼任翱翔。

看翠竹、芦柳丛中,成了鸟的天堂,但见:

翠竹青青柳丝长,风吹绿芦沙沙响。

莺儿啼,黄鹂唱,野鸭野鸥戏鸳鸯。

看江岛大地,成了花的苑圃,但见:

江南岸,田埂上,马兰红花野草香。

蝴蝶双双吮花蕾,蜜蜂对对采蜜忙。

看广袤的田野,成了绿的地毯,但见:

万顷良田披绿茵,麦苗晶晶涌碧浪。

最是一年春好处,绝胜烟柳满水乡。

看点点村落,成了人居的乐园,但见:

屋后翠竹屋前场,三两桃花满屋芳。

呼童村头沽酒去,合家围坐话麻桑。

看集贸市场,成了商贸旅游的世界,但见:

乡南庙会十里长,连街依路建市场。

商品琳琅四海客,生意兴隆达三江。

看明珠湾美食一条街,成了美食家的胜地,但见:

鲜鱼鲜虾五味鲜,美食美味美四方。

蓬莱八仙常醉客,十里明珠百里香。

啊!的确,这里成了美的世界,人间的天堂。

忽然,天际又飘来《三岛歌》,好似九天嫦娥在歌唱:

大江东去欲何至,天落三岛集于此。

放眼烟波千万事,太平地处太平时。

王母娘娘忍不住连声夸道:"唱得好!唱得好啊!"说着便信步走下云

　　王母娘娘驾临，醉仙阁上空陡然闪开一道金光。这天，恰逢花河豚、橘黄豚在酒馆里。两河豚从小在南海时曾见过王母娘娘，知道王母娘娘乃上天之圣母，十分崇敬。今见王母娘娘亲到酒馆，既兴奋又不安，兴奋的是这样的大圣人能光临江村酒店岂不荣幸！不安的是小小的酒馆岂不屈尊大驾！他们双双俯伏在王母娘娘膝下："不知娘娘驾到，有失迎迓，还望娘娘恕罪！"王母娘娘道："不知者不罪也！你们俩从南海来到长江，相关情况本宫全部知道。你们相亲相爱，向往自由、美好的生活，本宫予以理解；你们勤劳勇敢、聪明善良、正直、正义的品质，不怕牺牲、舍己救人、匡扶苍生的精神，本宫予以表彰。"两河豚连连叩首："谢谢娘娘！谢谢娘娘！"王母娘娘道："不谢，不谢。两位小后生快快请起，快快请起！"花河豚道："娘娘大恩大德，小豚永远敬仰。今日娘娘圣驾来到小馆，顿使小馆蓬荜生辉！万望娘娘恩准在小馆小憩，待小豚亲手做上几个特色小菜奉献给娘娘品尝，务望娘娘赏光！"王母娘娘道："也罢，既来之则安之。去吧，听说你们的乡土菜很有特色，本宫就在这暂时消闲一下。"两河豚退下。

　　王母娘娘独自踱步欣赏着醉仙阁酒馆，但见这酒馆临江而建，气势巍峨，江风古韵，有《临江仙》一首为证：

　　　　巍峨临水揽江楼，雕阁画廊七层。登高望远神仙境。隔窗望
　　舟船，凭栏听涛声。

　　　　捧上洲岛土特产，刀鱼鲥鱼河豚。把酒面江话清平。四季雨
　　露润，三鲜福民生。

回首墙壁上，题有《西江月》一首：

明月别枝惊鹊，清风半夜鸣蝉。稻花香里说丰年，听取蛙声一片。
七八个星天外，两三点雨山前。旧时茅店社林边，路转溪桥忽见。

　　王母娘娘正在醉仙阁揽江观景，忽而飘来一阵阵鲜香美味，却也为之动心。不一会儿，两河豚捧来了香喷喷的依然用幻化了的河豚自制的鲜白丸，分别用红烧、白煨、清蒸的方法烹制而成。真所谓色香味鲜美俱全，五味调和百味香。

　　花河豚摆放好菜肴，先请王母娘娘上座，再请王母娘娘品尝佳肴。花

河豚道:"娘娘,我知道,一般圣人大仙是不杀生、不食荤的,我这可是幻化了的造福众生的江鲜啊!"娘娘道:"这个本宫早已知道。"从来不食人间烟火的上天圣母娘娘,闻此佳肴,也抵挡不住诱惑。花河豚道:"娘娘,您请!尝尝小豚的手艺如何?"王母娘娘一边咀嚼着抿含即化的鲜白丸"西施乳",一边赞不绝口:"不错,不错! 真鲜,真美,真肥! 真乃鲜而不腥,艳而不淡,浓而不稠,油而不腻。就连瑶池盛会上也吃不上这样的美味呀!"

王母娘娘这边正在醉仙阁有滋有味地品尝着花河豚夫妇亲手烹制的江鲜美食,那边其圣驾光临醉仙阁的消息却瞒不住人,如风般传播开来。刀鱼、鲥鱼闻讯赶来醉仙阁。

刀鱼、鲥鱼力邀王母娘娘也分别去八仙楼、福仙馆考察指导。王母娘娘本是慈母心怀,盛情难却之下,只得随刀鱼、鲥鱼去了。河豚夫妇也陪同前往。

刀鱼、鲥鱼也分别用幻化了的刀鱼、鲥鱼江鲜佳肴招待王母娘娘。王母娘娘品着、尝着、赞着:"河豚、刀鱼、鲥鱼,尔等听命:念尔等历经磨难,惩恶扬善,弘扬美德,特别是创制了三鲜佳肴,造福苍生,目前功德圆满,现已修成正果,特赐尔等大仙称号,待我回到天庭,禀报天帝予以嘉奖!"

河豚、刀鱼、鲥鱼俯首听命,千恩万谢,感谢王母娘娘擢拔!

王母娘娘又道:"尔等当再接再厉,不负圣望,不惜劳苦,多做善事、好事,惩恶扬善,公平正义,造福人类! 明年的瑶池蟠桃宴会,本宫将推出尔等创制的'三鲜菜'、'三叶草',使其名扬天下,造福人类!"

说着说着,天色已晚。忽而,天鹅姐姐来报:"娘娘,玉帝有旨,请娘娘速回太微玉清宫,有要事相商。"

王母娘娘闻言,遂与河豚、刀鱼、鲥鱼三大仙惜别,飘然而去。究竟玉皇大帝召王母娘娘回玉清宫有何要事,下回分解。

第十二章　依依惜别回大海　年年相聚在扬中

话说玉皇大帝急召王母娘娘回玉清宫,乃为南海之事。

南海龙王为抗击东海龙王,霸占其在南海的岛屿主权,曾欲与西海龙王联姻,将自己的第十个女儿——小龙女嫁与西海龙王之子海猪子为妻,

后小龙女抗婚,与青梅竹马的海宝双双逃离南海,溯流而上至长江之太平洲定居生活。南海龙王因小龙女逃离,惧怕西海龙王与之翻脸,遂将其大女儿歪歪精与西海龙王之子海猪子成亲,并招赘为驸马。真如人言,这可是"歪锅配歪灶,歪歪一整套"。后来西海龙王在南海派兵驻扎建基地,干预南海事务,南海龙王成了西海龙王的傀儡。此时,南海龙王后悔不迭,但已为时晚矣!南海龙王因此气急败坏,一病不起,驸马海猪子趁机里应外合,与西海龙王一起攻打南海。南海龙王生命垂危,求救于玉皇大帝,意欲让位于流亡海外的第十个女儿小龙女,即当年的海花、今天的花河豚。南海龙王已知当年的小龙女现已很有能耐,很有出息,希望她能不计前嫌回来继承王位,抗击西海霸王,振兴南海。

玉皇大帝接到南海龙王的求救信函,即刻召集王母娘娘等商讨。王母娘娘一回来,玉皇大帝即连夜在玉清宫议事厅召开会议,讨论南海事宜。天庭文武各大臣分排两列,正在讨论天机之时,传信天鹅忽传来南海一紧急信函,向玉皇大帝报告,说南海龙王于今天午时三刻因心脏病突发不治身亡,其妻花河豚之生母也急病卧床不起。玉皇大帝和王母娘娘等计议,决定先通知花河豚、橘黄豚,让其即刻回南海奔丧,一则料理其父王之丧事,以尽人子之情;二则探望其母之病,以宽母之心;至于继任南海龙王之事,容后再议。

再说刀鱼、鲥鱼送走王母娘娘后,各自回到自己的住所,安排第二天的营生。一宿无话。

单说花河豚、橘黄豚夫妇辞别王母娘娘后,本应十分高兴,一则功成名就,修炼成了正果,赐名大仙;二则事业兴旺发达,受到圣母天皇表彰,名扬天下。可他们却怎么也高兴不起来,头脑总是昏沉沉的,感觉不舒服。花河豚对橘黄豚道:"夫君,今天我好像预感要发生什么事情,头脑昏沉沉的。"橘黄豚道:"我也是。"夫妇俩睡下后,翻来覆去,总是睡不着。耳听钟打五更,鸡叫天明,夫妇俩正欲起床,忽听有敲门声。夫妇俩急忙打开门,"呀!是天鹅大姐驾到!"花河豚知有急事,忙把天鹅大姐引进内室。"天鹅大姐风尘仆仆,这时驾临,定有急事,快快坐下说话!"花河豚道。天鹅大姐急忙从羽绒衣服的口袋里掏出一张御旨,对花河豚道:"河豚大仙妹妹,你说得对,是有急事,你一看就明白了。花河豚大仙、橘黄豚大仙听旨!"

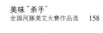

花河豚夫妇忙忙俯伏接旨。天鹅大姐展开御旨,念道:

> 扬子江太平洲花河豚大仙:鉴于尔先父南海龙王因病于辛丑年三月十五日午时三刻亡故,令堂也因哀伤过度卧床不起,望尔接旨后速回南海,一则料理父丧,二则慰问令堂,以尽人子之道。同时尔之郎君橘黄豚大仙也一并归省。钦此!
>
> 　　　　昊天金阙无上至尊自然妙有弥罗至真玉皇上帝
> 　　　　　　　　　　　　　　　　　辛丑年三月十五日

花河豚闻此噩耗,自是一番悲哀哭泣,毕竟是自己的生父,自有骨肉之情。橘黄豚自是一番相劝:"先父王已死,不能复活,王母病重,御旨在此,我们必须速回南海。这里还有诸多事情需要安排,南海离这里路途遥远,要早作打算。"

花河豚哽咽着止住哭泣,道:"还没顾得上给天鹅姐姐沏茶。"说着,一边擦泪,一边给天鹅姐姐倒茶。天鹅姐姐喝了茶便告辞回天庭复命去了,不在话下。

接着,花河豚又对橘黄豚道:"醉仙阁酒馆的营业不能停,不能让五湖四海及乡里乡亲高兴而来,扫兴而归。我们得请土地公公、婆婆照应、打点;四乡八里的乡邻,我们也来不及一一辞行,也一并请土地公公、婆婆打招呼。你速去把干爹、干妈请来,我们好交代一下。"

橘黄豚去后,花河豚回自己的房间打点整理行李。一会,橘黄豚领着土地公公、婆婆来了。花河豚对土地公公、婆婆作了交代。河豚夫妇和土地公公、婆婆都眼含泪花,难分难舍。这时,附近一些知情的乡亲们也陆续赶来送行。土地公公、婆婆道:"南海路途遥远,希望你们一路小心!父丧办好,母病痊愈便早早归来。干爹、干妈、四乡八里的乡亲们和五湖四海的朋友们,都等着你们、盼着你们回来呢!"花河豚道:"干爹、干妈,你们也多保重,这里永远是我们的家,这里永远是我们的故乡。"

河豚夫妇和干爹、干妈以及众乡亲依依惜别,真个是应了古诗:"感时花溅泪,恨别鸟惊心"、"相见时难别亦难,东风无力百花残"、"春风又绿江南岸,明月何时照我还"。

河豚夫妇仅带了两个年龄较大的儿女一同回奔大海,其他年龄较小的

儿女分别委托族中年长者照应。

花河豚、橘黄豚夫妇领着一双儿女急速启程，一路无话。不日，便来到南海龙宫。

花河豚顾不得路途劳顿，急奔先父龙王祭奠灵堂，号啕大哭。一哭父王对她的宠爱之情，将她含在嘴里养，托在手里长，后她未尽女儿之孝道，心中多有愧疚；二哭自己流亡海外多年受苦受难，生活坎坷，创业维艰，虽然事业有成，但也实属不易；三哭父王刚愎自用，自作聪明，引狼入室，结果，聪明反被聪明误，搬起石头砸了自己的脚，含恨九泉，死不瞑目。

"小龙女回来了!"亲戚朋友相互转告，齐奔灵堂，花河豚一哭，其他儿女也为之动情，跟着哭了起来。一时间，灵堂上哭声一片。橘黄豚领着儿女跪在一边。花河豚哭了一气，收住泪，来到母亲病榻前。其实，老龙母听说小龙女回来了，病先就好了一半，母女俩又抱头痛哭了一场。然后，母女俩唠起了别后的思念。不提。

却说西海与南海之间的战事还在继续。南海龙宫中虾兵蟹将早知花河豚既聪明又有智慧，特别是水漫金山、智斗法海的那场战斗，花河豚的大智大勇，布兵摆阵的谋略，实为南海龙宫中的文武大臣所赞叹。花河豚夫妇一回来，文武大臣一致推举花河豚率兵抗击西海霸王。花河豚义不容辞，等父王的丧事一结束，便立即亲赴东海。

花河豚在东海龙宫见到东海龙王。花河豚道："尊敬的东海龙君阁下，首先感谢您当年在我非常困难时期给予的大力支持和无私帮助，本打算专程拜访致谢，后一直工作繁忙，抽不开身，未能如愿。本次拜访，一是表达谢意；二是向您通报南海战事。目前我的父王已逝，南海战事正处在胶着状态，万望大王顾全大局，深明大义，共同打击侵略之敌。"东海龙王深知唇亡齿寒的道理，不计前嫌，说道："邻邦本应友好相待，亲如手足，古语云'唇亡齿寒'，今日贵国有事，本国岂能袖手旁观!"事后，东海龙王即特派大将军东兴狮(其时东兴狮已升迁为东海大将军)率领一支能征善战的军队参加南征。结果，西海霸王在东海、南海的联合攻击下，以失败告终，那位海猪子驸马也死在了战场上，连尸骨也没有送回西海老家。

战争结束，南海归于平静。南海龙王继承人的确定，摆上了议事日程。南海先王生有十个女儿、十个儿子。可这十个儿子也大多是"十不全招亲"，不是呆子就是白痴；不是瘸脚就是骈枝；稍微好一点的当属大儿子龙宝，他比较老实厚道，缺点是先天性发育不健全，大舌头，连说话也说不清楚，常常把"妈妈"喊成"粑粑"。先王病故治丧期间，临时让他主持丧事。如今确定继承人的时候，玉皇大帝下达御旨，明确在其儿女中推举产生，没有指定由谁继承。南海文武大臣一致推举花河豚继任王位，但花河豚坚决不答应。她说："小龙女不想当官，也不会当官。我如今也已成大仙，并加入了东海国籍，我的家、我的事业都在扬中岛太平洲。"

　　没有办法，只好矮子里挑将军，大儿子龙宝顺理成章做了东海的第22代龙王。

　　花河豚要返回太平洲去了，可老龙母——花河豚的亲娘说什么也不让小龙女走。花河豚真是一根肠子两头挂，这边老龙母舍不得她离开，一说要离开马上泪千行；那边醉仙阁一封接一封的来信催她回去，那里的人们也离不开她呀！

　　花河豚说："母后大人，自古忠孝不能两全，我呢，每年的清明节过后回来看望您老人家，秋后返回太平洲，您看如何？"

　　老龙母前思后想，然后道："既然这样，也罢，吾儿决计要走，要去办大事，为娘也不阻拦，常言道'儿大不由娘'，但只要吾儿在心里记得娘，每年回来让娘看看，住上些时日，也就让娘开心了！"

　　花河豚得到老龙母的应允，翌日即启程，与橘黄豚一起领着他们的一双儿女，又从南海到东海，到长江口溯流西行，返回他们的第二故乡——扬中太平洲去了。

　　一日，土地公公、土地婆婆正在扳着指头计算两位河豚去东海的时日，公公对婆婆说："算来干女儿、干女婿也快回来了！"婆婆道："怕只怕老龙母不放他们回呢！"公公道："不会的，不会的！"正说着，花河豚夫妇已回来了。

　　"干爹、干妈！""爷爷、奶奶！"花河豚夫妇及他们的儿女亲热地叫着土地公公、土地婆婆。土地婆婆喜出望外地应道："哎！哎！你们可回来了！"土地公公道："真是，刚刚说到你们，你们就回来了。哈哈哈哈！"花河豚夫妇忙问土地公公、土地婆婆好。叙了一些话，都是一些离别思念之话，盖不赘述。

　　不一会儿，土地公公、土地婆婆移交了醉仙阁的有关经营账目，即要回

雷公岛去,花河豚挽留道:"今天就不要回去了,我们好好叙谈叙谈。"公公道:"现在正是春耕农忙时节,有人要刮风,有人要下雨,公事忙呢!"婆婆道:"出来不少时日了,家里水田秧苗要施肥,旱地白菜要浇水,没空呢!"花河豚夫妇看挽留不住,临别时道:"那改日我们专程到雷公岛上去看望干爹、干妈!"

公公、婆婆去了。不一会,刀鱼夫妇、鲥鱼夫妇以及水族众乡邻们听说河豚大仙夫妇回来了,都赶来探望,询问南海的情况,河豚夫妇一一作了介绍,大家感慨不已,欷歔不已。而后,刀鱼夫妇、鲥鱼夫妇分别回到八仙楼、福仙馆经营他们的生意,不在话下。

河豚夫妇继续经营醉仙阁,也不在话下。

是时,河豚、刀鱼、鲥鱼三大仙及长江一带水族众乡邻亲亲热热,和和睦睦,共享大自然赋予的丰厚资源,共同开发创造着水上江南鱼米之乡的新生活,谱写着扬子江畔绿岛"三鲜"文化的新篇章。

花河豚夫妇也从不食言,自那年从南海奔丧、打败西海霸王回来后,坚持每年夏初带领他们的儿女们洄游大海,去看望他们的老龙母,秋后又返回扬中。每年阳春三月,是河豚族约定俗成的节日,河豚族男男女女都集中到长江下游,特别是太平洲雷公岛一带的扬子河畔相亲,各自寻找心爱的情侣。然后,产下爱情的结晶,繁衍后代,承续香火,让河豚的子子孙孙、千秋万代生存并热爱江中明珠这片热土,耕耘这片热土!就这样,寒来暑往,年复一年,生生不息……

全国河豚美文大赛获奖名单

一等奖

《缘来是河豚》　　　　　　　　　　　　朱　琳

《从 1 +9 到 10 +0》　　　　　　　　　　钱吕明

二等奖

《河豚之鲜,天下第一鲜》　　　　　　　凌鼎年

《珍贵的记忆》　　　　　　　　　　　　范继平

《会飞的河豚》　　　　　　　　　　　　韩诗颖

《画境扬中,豚香天下》　　　　　　　　张天林

三等奖

《话说河豚》　　　　　　　　　　　　　王文咏

《烟花三月会河豚》　　　　　　　　　　黄阔登

《请来中国河豚岛》　　　　　　　　　　叶锦春

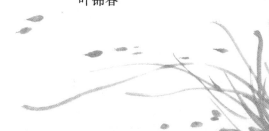

《闲说"拼死吃河豚"》　　　　　　　　陈　晖
《河豚,春天里的美食传奇》　　　　　陈宏嘉
《扬中河豚美食赋》　　　　　　　　　杨超英
《河豚夫人的故事》　　　　　　　　　蔡庆来
《河豚西游记》　　　　　　　　　　　朱锦才

优秀奖

《东坡妃》　　　　　　　　　　　　　吴润生
《河豚轶事》　　　　　　　　　　　　周祥贵
《河豚报信》　　　　　　　　　　　　杨祥生
《我陪将军吃河豚》　　　　　　　　　艾　仁
《彭城徐金盆的新坝河豚缘》　　　　　常　征
《扬中河豚美食节赋》　　　　　　　　朱圣福
《失之交臂》　　　　　　　　　　　　朱奚荭
《眷恋河豚岛》　　　　　　　　　　　刘瑞武

首届全国河豚美文大赛组委会
2012 年 5 月

后　记

　　春暖花开，河豚飘香，在"第九届中国·扬中河豚美食节"开幕之际，中共扬中市委宣传部、扬中市文联、"第九届中国·扬中河豚美食节"组委会联合向全国各地文学爱好者发出河豚美文大赛的征稿邀请，欢迎大家共赏扬中美景、寻味河豚美食、探究河豚文化。大赛征稿伊始，就得到社会各界的广泛关注和热情参与，共收到来自全国各地的参赛作品200余件。征稿结束后，大赛组委会邀请专家对投稿的美文进行了严格、公平的评审，择优评选出一、二、三等奖和优秀奖，汇编成这本《美味"杀手"——全国河豚美文大赛作品选》。

　　这是一次文化的碰撞。作品的题材和内容均十分丰富，既有将河豚文化灌注其中的古朴诗赋，又有包含人生感悟的哲理小说；既有描述美景、美食双重诱惑的优美散文，又有演绎河豚生活的精彩童话……豆蔻之年的学生、花信之年的青年和花甲之年的老人同台竞技、尽显风采；公务员、工人、教师、大学生共同参与交流、各抒己见。他们将对河豚美食的回味与褒奖，以及对美好生活的无限赞叹和展望诉诸笔端，尽情流露。

　　这是一种情感的交汇。来自镇江的耄耋老人何春五次来稿，创作了数十篇诗歌、散文，这份执著和坚持足以让我们感动不已；著名作家叶兆言、储福金、王川等人百忙之中抽出时间，莅扬采风、应邀撰文、寄语文联，文学家的真诚和支持令我们感激不尽；还有那些从全国各地投来稿件的热心作者们，他们的充分信任和积极参与，使我们能够以河豚为媒，以美文会友。

这是一份智慧的结晶。本书在征稿、评审、编印过程中，得到了扬中市委、市政府有关领导的热忱关心，江苏省作协、镇江市文联的领导也亲自指导，提出了很多宝贵的意见和建议。在此，谨向为本书编辑出版工作提供帮助的有关部门和单位，以及所有关心、支持、帮助和参与文集征编工作的领导和同志们，表示衷心的感谢！

由于出版需要，部分文章在编辑校对过程中稍作修改，希望作者予以谅解。由于时间仓促，编者水平所限，难免存在疏漏和不足之处，敬请读者批评指正。

编　者
2012 年 5 月 4 日